すてきなあなたに

よりぬき集

目次

はじめに

あなたがすてきだから、すてきなあなただから、
でなければつい見落としてしまいそうな、ささやかな、
それでいて心にしみてくる、いくつかのことが
わかっていただける、そんな頁です。

これは『暮しの手帖』初代編集長の花森安治が、「すてきなあなたに」の単行本の宣伝に書いた文章です。そして「すてきなあなたに」の編者である大橋鎭子は、「すてきなあなたに」についてこのように語っています。「商品テストも大事だけれど、ほんのちょっとしたことでも、一言声をかけるだけでも、その場を和ませてくれる、ちょっとした心くばり、思いやり。お茶ひとつ、ケーキひとつでも、ひと手間かけるだけで、おいしく、ゆとりのある場になる。スカーフ一枚、ブローチひとつでも、ひと工夫しただけで、美しく、豊かな気持ちになれる……。そんなことを伝える頁を作りたかったのです」。

「すてきなあなたに」は、一九六九年に『暮しの手帖』ではじまりました。

大橋鎮子が四十九歳のときから、四十三年経った現在も続く連載です。「すてきなあなたに」をはじめるきっかけを大橋鎮子はこう言います。「なにもない普通の暮らしのなかで出合った、いろいろなことや、仕事でお目にかかった何人もの方々のお話しのなかから、私が大切に思い、すてきだなあと思い、生きていてよかったと思ったこと、私一人が知っていてはもったいない、ぜひ読者の皆様にもお知らせしたい、メモとして遺しておきたいことなどの、折りにふれての記録から生まれたものです」。

そして「これだけのものをまとめるのは私ひとりの力にはあまることでした。増田れい子さんをはじめ、増井和子さん、竹内希衣子さん、井上喜久子さん、片岡しのぶさん、小川佳子さん、熊井明子さん、片山良子さん、渡辺ゆきえさん、犬養智子さん、そのほか多くの方々にお話しをうかがったり、原稿やメモをいただいたりして協力していただきました」。

本書は、「すてきなあなたに」を、もっと皆様の身近に置いていただき、いつも読んでいただきたいという思いで、単行本「すてきなあなたに1〜5巻」のなかから、お話しをよりぬいてまとめたベスト版です。

『暮しの手帖』編集長　松浦弥太郎

装画・本文イラスト　皆川明（ミナ ペルホネン）

一月の章

ポットに一つあなたに一つ

「コーヒーにしますか、それとも紅茶にしましょうか」といわれたら、わたくしはたいてい紅茶にします。

べつにコーヒーぎらいというわけではないんですけれど、紅茶はたいへん、たのしい飲みものだとおもいます。いろんな飲み方、入れ方がありますし、コーヒーより飲みやすい気がします。

でも「紅茶はお湯に色をつけただけで、甘茶じゃないの、おいしくない」なんていう人がいます。それもそうで、紅茶はいい加減に入れると、これは、ほんとうにまずい。入れるお湯がちょっとぬるめだったら、もうダメです。紅茶がおいしく入るか入らないかは、お湯の温度ひとつです。

紅茶にはミルクティとレモンティがあって、ミルクティはイギリスふうですね。はじめにイギリス式のおいしいミルクティの入れ方からお話しましょう。

ポットに、熱いお湯を注いであたためておきます。そこへ、紅茶を入れます。この分量が大切。〈ポットに一つ、一人に一つ〉とおぼえて下さい。

なんのことか、おわかりですか。

一人分の紅茶は茶サジ山もり一杯です。一人でのむときは、ポットに一杯とわたしに一杯。二人でお茶をのむときは、ポットの分として一杯、あなたに一杯、そして、わたしに一杯、合計三杯入れるという意味で、いつでも人数分プラス一杯です。

日本のお茶は葉を入れて、三人なら三杯のお湯を入れ、それをお茶わんに注いだら、残りは「切る」といって、全部出してしまいますが、紅茶はそうしません。反対に、一杯分のお湯はいつもポットに残しておくのです。

そこへまた、熱いお湯を二、三杯分差して、さめないように綿の入ったお茶帽子をかぶせておき、おかわりをのみます。イギリスの人が紅茶をのむというときは、かならずこうして、二杯のみます。

*

さあ、あたためたポットに、紅茶を二人分として茶サジ山もり三杯入れました。そこへ、ぐらぐら沸いたお湯を紅茶茶わん三杯分ほど入れて、二、三分おきます。

牛乳は、冷蔵庫に入っていたのでは冷たすぎるので、少しあたためてから、まずカップに牛乳を好きなだけ入れて、その上から紅茶をそそぎます。牛乳をあとから入れても同じだという人もいますが、やっぱり、うるさい人は、牛乳が先きです。もちろん、寒いときだったら、カップもあたためておきます。

熱いお湯で濃いめに出した紅茶を牛乳に入れて、好きなだけお砂糖を入れていただく紅茶はなにか気分をホッとさせる、落着いたおいしさがあります。

ミルクといっしょになった紅茶は、のどをすべるように通ってくれます。寒い夜など、ミルクティは、ほんとに、くつろいだ気持にしてくれます。

*

レモンティ、これは、ミルクティとはうってかわった爽やかな味、おなじ紅茶でも、まるで表情がちがいます。

レモンティの場合は、ミルクティほど濃いめに入れない方がおいしくいただけます。

あたためたポットに、これは一人に茶サジ一杯、二人なら二杯だけ入れます。ポットの分はいりません。

そこへ沸とうしたお湯を入れ二、三分おきます。紅茶茶わんにお砂糖とレモンを、やはり先きに入れておき、目の前で熱い紅茶をそそぎます。

レモンは熱い紅茶にあって、一ぺんに香りが立ち、レモンの酸味で紅茶のくどさが消え、すっかりのみやすく、さわやかな味になります。

それでも、紅茶の濃さにはすきずきがありますから、うすめられるように、熱いお湯をかならずそえておきます。

*

紅茶を台所で、カップに入れて運んできて、それにお砂糖を入れ、ぬるくなってしまったところへレモンを入れたり……これはつまらないのみ方とおもいます。せっかくのレモンは、ただ浮いているだけで、香りも放ちません。

お砂糖とレモンを入れ、熱い紅茶を音をたてて落ちるように入れますと、みるみるレモンは香りを放ち、味を出し、つまり煮えてしまうのです。それをとり出してから、さわやかさを味わいながらいただきます。

*

紅茶といえば、角砂糖のお話をもう一つ。角砂糖には、大きいのと、小さいのがあります。それを、大小まぜて砂糖つぼに入れておきます。

コーヒーでも紅茶でも、好きな甘味は人それぞれちがいますから、この大小の角砂糖を組み合せるわけです。

甘味の少しでいい人は、小1コ。もう少し甘くていい場合は大1コ。もう少し甘くていい人は小2コ。ふつうだったら大1コに小1コ。甘いのが好きな人は大2コ。もっと甘いのが、という人には大2コに小1コ。

こんなふうに、どんなにでも甘味がかえられます。

染めつけの小鉢

志賀直哉先生のおうちのお茶碗は、染めつけで、深めの、ちょうど茶碗むしのような小鉢でした。

白地に淡藍の模様がいちめんに描かれています、古いものでしょう、中国のものかもしれません。

その小鉢を先生はよほどお好きとみえて、むかしから、このお茶碗でした。

大ぶりなので、二杯分ちかくは入りますから、なんでも十二分にいただけて、安心です。

ある日はようかんが出て、このお茶碗には、たっぷりのほうじ茶が湯気を立てていました。

ある日はクッキー、そして、このお茶碗にはレモンティが香りを立てていました。

ある日はミルクたっぷりのコーヒーが出されました。

日本茶、コーヒー、紅茶とも一つのお茶碗で、というのも、いろんな意味でいいことと思います。

藍の染めつけの色が、ほうじ茶、紅茶、コーヒーの茶色の色ともあって、おいしそうに見えるのも大切なことでしょう。

＊

いい藍の染めつけの小鉢をみると、おやさしかった先生のことが、胸にうかびます。

柱時計

初詣でを無事にすませて、人ごみに疲れた私は、コーヒーが飲みたくなって、ちょうど一軒開いていた喫茶店に入りました。

店内は、同じような思いなのでしょうか、ほとんど満員でしたが、幸いお店の真中にあった大きなテーブルに、席があいていました。お店の中は、コーヒーの香りがして、ほどよくあたたかく、ホッとひと息つきました。

晴着を着たお嬢さんと、これも着物の男性の、今年は珍しいカップルもいます。お年をめしたご夫婦、一人で新聞を読んでいる人……、静かで平和な感じです。

不意にチーンと、音がしました。みんな、びっくりしたような空気が流れました。私も、音のした方を見ました。

柱時計だったのです。ちょうど四時半、長針がⅥのところを指しています。

上が八角形で下に振子がついて、文字盤がローマ数字。ひと昔前までは、どこの家にも見られた柱時計です。

これは三十分になると一つ鳴って、時を知らせてくれるものでしょう。入口のレジの上に、かかっていました。

このお店にいつも来ている人ならおどろかなかったでしょうが、今日のお客さまは、私と同じように初詣での帰りで、初めての人が多く、びっくりしたのでしょう。

皆の顔に、ふっと和やかな笑顔が浮かびました。知らないお隣り同士、顔を合わせて、知らずしらずほほえんでしまいました。

なつかしい音です。

このお店のこの時計は、きっと、ずっと前から、ここでチクタクと時を知らせてくれていたのです。

この時計はきっと、毎日、このお店の方が、決まった時間に決まった数だけネジを巻いていることでしょう。

機械でも、人間の手で、そして愛しむ心で、動いているのです。

子どもの頃、ネジが巻きたくて、高いところの柱時計の下に踏台をもっていって、やっと巻かせてもらったものです。

そんなことから、いろいろなことが思い出されて……、一杯のコーヒーが、ずい分、心をあたたかくしてくれました。

「ありがとう、時計さん」

レジでお金を払って出るときそういってしまいました。

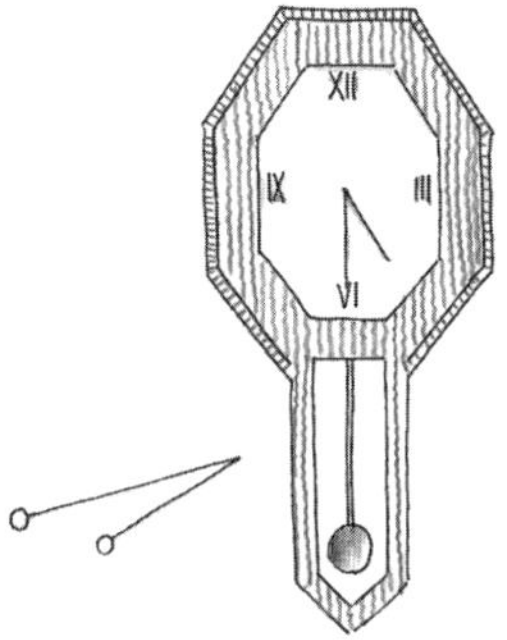

春財布

春財布、こんな言葉を聞かれたことがおありですか。

春財布というのは、新春が明けてから、春のうちに人さまからいただくお財布のことをいうのだそうで、そうしたお財布の中味は、からっぽになることがないのよ、とおしえてくれたのは、今は亡い叔母でした。

それは、暮れも押しつまったころのことでした。お財布がボロになったから買い替えなければ、といった私に、叔母はいやにはっきりと、買うのをやめるようにいいました。そして、お正月すぎたら、いいお財布をきっと買ってあげるからと、その「春財布」の縁起をきかせてくれたのでした。

叔母が、そのとき、どんなお財布を買って

くれたのか、それも忘れてしまったほど、遠い昔のことですのに、いま使っているお財布がいたんできて、新しいのを買おうかな、そう思ったとき、ふと思い出したなつかしい言葉なのです。

必要に迫られて、仕方なしにお金のいれものを自分で買う、というのとちがって、なんとなしに、心までふうわりとふくれるような、昔のひとのつくりだした言葉だと、お思いになりませんか。

神さまの手紙

夜のお茶で集まったとき、家族がなにか、少し困り顔で話しています。私も気がかりになって、その話の中に入りました。

家族の中の小さい、今年小学校に入ったばかりの女の子のことなのです。

その子の歯が、一本抜けました。その子が言うには、

「学校のお友だちが、歯が抜けたとき、その歯を枕の下に入れておくと、神さまが夜中にとりに来て下さって、そのかわりに、お手紙を下さる……と言ったから、わたしも、歯をきれいな紙につつんで、枕の下に入れて寝るの……。

どんなお手紙を、神さまが下さるかしら……」

といって、うれしそうに寝てしまった、というのです。

どうしたらいいか、そのままにしておいては、子どもの気持を裏切ることになります。どうしよう、どうしたらいいか、というわけです。

いつもなら、ああでもない、こうでもない、と意見続出する一家なのに、誰も困り顔でいます。こういうときなにか妙案を出す私も、どうしたらよいかわかりません。どうしてもいい考えが出ず、私は降参して、先にやすませてもらいました。

それから二、三日して、その子にきいてみました。

「歯が抜けたとき、あなた、枕の下に歯を入れておいたでしょう、神さま、お手紙下さったの」

「あのねえ、神さまはちゃんといらしたのね。でもね、神さまは、英語でならお手紙書けるんだけど、日本語の字がかけないんですって、それでね、ママが起されて、ママに、書いてって神さまがたのんだのね。それで、ママの字でね、〈いい子ですね、また、いい歯がはえてきますよ。あなたはお花がすきでしょう。いい子にしていたら、お花のように、きれいになれます〉って書いてあったの。

わたしは、犬とクマちゃんがすきなんだけど……」

ほんとによかった、と思いました。

あたたかい話

夕方から始まった打ち合せが長びいて、そのお宅に伺うのが、ずいぶんおそくなってしまいました。

あまりにも遅すぎると思い、お電話すると、「何時でもいいですよ、今日この用件を片づけておけば、明日すぐにスタートできるでしょう」と、明るい声が返ってきました。

その声に救われて、予定通りお訪ねするこ

とに決めました。外に出ると、大きなぼたん雪が雨といっしょに降っています。みぞれ……でも、急がねばなりません。

仕事とはいえ、初めてお訪ねするのには、あまり常識はずれに遅いので、心細くなりました。道を聞こうにも、人っ子一人いず、どこまでもひっそりと静かです。

みぞれにぬれながら、やっとその方のマンションに辿りつきました。

「雪になってしまって」

「そうですね。寒かったでしょう。さあ、どうぞ」

その方は、わたくしのコートを受けとると、玄関の帽子掛けにはかけず、抱えるように部屋のなかへ持っていきました。

「ひと息いれて、何か召し上りませんか」

その言葉で、見知らぬ街の夜の闇を、からだをこわばらせて歩いて来た緊張感が、ほろりと解けました。

「紅茶をどうぞ」

運ばれて来た紅茶には、ブランデーが添えられ、熱い紅茶は、気持よく、体のすみずみまで沁み渡っていきました。

用事が終って帰ろうとして、ふと気がつくと、わたくしのコートは、暖房の温風が来る、いちばん暖かいところのイスに掛けられています。

みぞれにぬれていたコートは乾いて、ふっくらと、あたたかくなっていました。玄関にそのまま掛けてあれば、まだ、ぬれていたかもしれません。

あたたかくなったコートを着て外に出ました。

夜は更けて、みぞれは雪一色になり、さらに激しく降っていましたが、あたたかいコートとその人のお心遣いに、からだもあたたかく、夜道が少しも苦になりませんでした。

いただきます

デパートの食堂で、私はおそいおひるごはんをとっていました。その食堂の前が茶道具の展示会場のせいでしょうか、女の人で、にぎわっていました。

ケーキと紅茶、プリン、アイスクリームなどを前に、はなやいだ声で、お道具についてあれこれと話しあっているのを、ぼんやり聞きながら、私は箸をはこんでいました。

「このお席よろしいですか」

目の前に、ショートカットの人が立っています。淡いグレーのニットのスーツがお似合いのその人は、椅子の背に片手をおいて私をみています。

「どうぞ」と申しますと、軽く会釈され、腰をおろされました。そして、私と同じちらしずしを注文なさいました。

間もなく、ちらしが運ばれてきました。その方はお箸を持つと「いただきます」とはっきりと、私しか聞いている人がいないのに、食前のあいさつを、ちゃんとなさったのでした。家族がそろわなかったり、一人で食事をすることの多い私は、この食事の前の「いただきます」、終ってからの「ごちそうさま」をすっかり忘れてしまっていたことに気がつきました。

その方は、きちんと背筋をのばして、おいしそうにゆっくり召し上がっています。私はちょうどたべ終りました。

「ごちそうさまでした」と声に出して言ってみましたが、声がかすれてしまいました。

あれ以来、一人の食事でも、「いただきます」「ごちそうさま」を、声に出して言うようにしています。

水色の水差し

　まちを歩いていたとき、飾窓のなかに水色の水差しがあるのを見つけました。陶器で、内側は深い紺色に焼いてあります。

　何年か前、ストーブの上に置いてシュンシュン湯気を出させるためにほうろうのポットを買い、毎年かわいがって使ってきました。それはフランス製で、あざやかなオレンジでした。

　そのポットとこの水差しの色はとてもよく似合って、すてきだと思いました。値段をきいてみましたら三千円でした。

　私はときどき、自分自身におくりものをするのが好きです。「お年玉にどう」と自分にいいました。「なによりだわ」と私が答えました。

　そんなわけで、水色の水差しは、わが家の仲間になったのですが、軽くて、水をいっぱいにしても片手でらくに持ち上り、テーブルの上で、いつもスタンバイしています。

　もちろん、花びんに使えますし、セロリの大株を立てておくこともできます。ポットは、いい弟分ができてうれしそうですし、水差しの方は、いま大張り切りで、なにか他に自分に出来ることはないかと、キョロキョロしている感じです。

　そのうち、いい使い方を考えてやりたいと思っているところです。

東京タワーおめでとう

東京タワーが、十二月二十三日に四十歳の誕生日を迎えました。

そのお祝いに、特別展望台からタワーの突端にかけて、青とオレンジの水銀灯と電球、合計三十二台が飾られて、おしゃれをしました。

その期間はたった三日間でしたが、光の祝着をつけた三百三十三メートルの巨身は、なにか、とてもテレているように見えました。

考えてみると、四十年、タワーの見える所で暮らしてきました。あっという間の四十年、忙しくて、タワーのあることさえ忘れている日もありました。

ニュースが四十歳を伝えてくれてハッとしたのが、ほんとうのところです。その間、だまってずっと立っていてくれたのだと思うと、ジンときました。

四十歳を伝えるニュースのなかで東京新聞が、タワーのペンキの塗りかえ作業のことを、くわしく伝えていました。五年に一度、全面的に塗りかえるのだそうです。

キカイでやるのではありません。人手でやるのです。生身の人間が、命綱を頼りに重いハケを使って、手で塗ってゆくのです。すごい仕事です。タワーは風が吹きつけます。とくに冬場の風は強くて冷たい。

危険なので、一月から三月までは作業は中断するそうですが鉄塔を守り、美しくかがやかせるために、黙々と仕事をする人たちがいるのです。

こんど塗りかえる年は二〇〇一年、二年先のことになりますが、この記事を読んでから、夜空に浮かぶ東京タワーが、一層いとしくなりました。

たくさんの、作業する人の心意気に守られてきた東京タワー。タワーの美しいのは、そこで働く人びとがすばらしいからです。

（平成11年）

マドリッドの柱時計

マドリッドのレストラン、カサ・ボディで食事をしたときのことです。二百五十年もむかしからつづいているというこの店は、料理がおいしいので有名です。

かつて、ヘミングウェイが、この店をたいそう気にいって、しじゅう足を運び、〈陽はまた昇る〉のなかに書いているほどです。

二階に案内されて、古びた調度にいっとき目を遊ばせていましたら、不意に、ボーンボーンボーン……壁にかかっていた柱時計が八時を告げました。

すると、給仕人たちが、いっせいに窓という窓の鎧戸を全部バタバタと閉めてしまい、それが合図なのでしょうか、おおぜいのお客さまが入ってきて、たちまちテーブルが満員になったのです。

夜のおそいスペインでは、八時からが夕ごはんどきと聞きました。あの、あたたかい時を告げる音を、ながいこと耳にしませんでした。目ざまし時計のあのけたたましい音だけが、つい時計の音とみんな思いこんでいます。

土なべで運ばれてくるホタルいかのスミ煮や、こんがりとアメ色に焼けた、この店の名物、仔豚の焼肉を味わううち、古い柱時計は九つを打ち、デザートのころには十を打ちました。

ごちそうもさることながら、時計の音のゆたかさが、忘れられぬ旅の思い出となりました。

交差点の笑顔

そのとき信号は青でした。

急ぎ足できて迷ったものの、これなら渡れる、と大きく一歩ふみ出したとき、信号がかわりました。

あわててあとへひきました。

この交差点は、いかにも待ちかねていたというように、車がすぐに勢いをつけて飛びだしてくるのを、いつものことで、知っていたからでした。

しかし、あとへさがりざま、思いきり人にぶつかってしまいました。前ばかりに気をとられていて、後に人のいることに気がつかなかったのです。

私のからだには、おもったより、ちからが入っていたようでした。前をゆく私をみて、急げば渡れる、と、やっぱり力み加減で前へ進んだ、そんな二人の〈追突〉だったのです。

はっと、思わず振りむくと、なにがそこにあったとお思いですか。

笑顔です。

思いがけない笑顔が、あれあれやってしまいましたね、と、いたずらっぽく、お互いのせっかちをいたわるような……。

やがて信号がかわり、横に並んでいたその人は、もう一度笑顔をのこして、元気な足取りで先へ出てゆきました。

いまだ遠く及ばずだわ、あんなとき笑顔がでるなんて……。

ぽかんとして見送って、ひとりごとを言ってしまいました。でも、なんだか、さわやかな気持になっていました。その人の胸の紫のスカーフの色が、いまだに目にのこっています。

ＢＢのお茶帽子

あれは、北の町からロンドンへもどるときでした。思い立って、大学の町で知られるオックスフォードでおりました。

その日はさむい、さむい日でした。タクシーにのって、運転手さんに、心当りの〈ＢＢ〉があったらつれていって下さい、とたのんでみました。

かねてから、イギリスには、〈ＢＢ〉と呼ばれる民宿があるときいていました。はじめのＢはベッド、あとのＢが朝食のブレックファースト、二つの頭文字のＢをならべた、ニックネームみたいなものです。

ふつうのおうちが、いきなりの旅の者に宿を提供する、家族なみの朝食しかさしあげないけれど、宿賃はお安い、そういう宿です。

古い町らしい大木の並木、葉をおとしたプラタナスの、黒々と生きもののような梢。雨にぬれて、いっそう重々しげにみえるゴチック建築の家並み、尖った屋根。

通りから、つとはいってタクシーが止まりました。たしかに〈ベッドと朝食〉の看板がでています。

＊

通された二階の部屋は、気持よくあたたまっていました。

「お気に入りましたか」

案内に立った女主人がききます。部屋には窓が二つあって、そこから真赤に染まった蔦がからまる、お向いの窓が見えました。しんと静まっている住宅地の一角です。

「トイレットとバスルームは廊下のつきあたりです。これは部屋のカギ、こちらは玄関のカギです。八時をすぎたら玄関にはカギをおろしますので、ご自分であけてください。

朝ごはんは、七時四十五分からです。それよりはやく必要でしたら、紙に書いて、玄関の電話のテーブルに、おいておいてください」

翌朝八時すこしまえ、ダイニングルームへおりました。十人ほどの人が、もう朝食をとっています。三階建ての家とは、気がついていましたが、深閑としていたので、こんなにたくさん泊り客があったとは思いませんでした。みんなイギリス人のようにみえます。

「おはようございます」

きのうの女主人が、

「コーヒーになさいますか、それともお茶ですか。玉子は、ベーコンエッグか、ハムエッグか、スクランブルエッグか……それとも、ゆで玉子とソーセージは」

ときいてくれます。イギリスのベーコンはおいしいので、迷わずに、ベーコンとお茶をたのみました。

可愛らしいお茶帽子をかぶったポットがきて、たっぷり濃いミルクの入ったミルク入れがきて、焼きたてのうすいトーストにバタ、マーマレード。熱くあたたまったお皿に、ちりちりに焼けたベーコン。

カップにミルクをそそぎ、お茶をたっぷりそそぎます。お砂糖を入れない朝の一杯目のティは、じつにさわやかです。

みると、どのテーブルにもお茶帽子がみえます。みんな毛糸で二色か三色の編みこみです。水色と白のもあれば、オレンジとグリーン、グリーンとローズと白のもあって、食卓の上に花が咲いたようです。

お茶帽子があんまり可愛らしくて、欲しくなってしまいました。朝食のあと、台所で片づけものをはじめた女主人にそういいますと、

「このレディが、みんな編んでくださったの

ですよ」

かたわらの、小柄な白髪の人でした。近所に住んでいて、この家に朝食のときだけ手伝いにみえる、そんなふうな人のようです。

その人がテーブルの引出しをあけると、そこには十ほどのお茶帽子が、きちんとたたんでありました。

「これみんな、あなたのお手製だったのですね」

朝のテーブルで、野の花のようだったお茶帽子は、この人の持ち味だったのでしょうか。

女主人が、「買いたいとおっしゃるのだけれど」といいますと、その人は、

「お茶帽子は、うちでつくるものなのですよ」

といいます。

女主人は、「よかったら差し上げましょう」

といって、新しいのを一つ取り出しました。

「売っていたら一つ欲しいとおもっただけです。手で編まれた、こんな大切なものを……」

「どうぞ、どうぞ」

小柄な人もそういいます。

「では、わけていただけますか」

「そんなことをおっしゃらずに、お持ちください」

ご好意に、甘えることにしました。

「いただいてよろしいのでしたら、今朝、私のテーブルに出してくださったのを是非……大切にします」

＊

黄色とグリーンとローズの三色が編みこまれたお茶帽子、それ以来、使っています。注ぎ口のあたるところは、紅茶の色がしみています。

BB、ほんとの一泊、ベッドと朝ごはんだけのおつき合いでしたが、あのお宅にとめてもらってよかったと、いまでもおもっています。

二月の章

マダム

「マダム、なにか落ちましたよ」

ふりかえると、ちょっとすてきな青年が、手袋をさし出してにっこり。こちらもうれしくなって、

「メルシー・ムッシュー」黒い手袋をうけとりながら、やはり、にっこりとしてしまいました。冬の灰色のパリの学生街でのこと……。

映画なら、さしずめ、このあたりでお話がはじまるところでしょうが、現実は、残念ながら、それだけのことでした。礼儀ただしい青年を見送りながら、それにしても、「マダム」と呼ばれるのは、なんと気持のよいことだろう、とおもいました。

＊

フランスの女の人は、結婚していようと、していまいと、若かろうと、若くなかろうと、みんな一様に「マダム」と呼ばれます。

マダムという呼び方は、おとなの男の人がすべてムッシューと呼ばれるのと一対で、もちろん、職業のいかんも、地位の高低も、年令も問いません。

＊

そういえば、ドゴール将軍が亡くなられたとき、テレビを通じてドゴールの死を告げる、ときのフランス大統領ポンピドウさんのスピーチは、「フランセーズ、フランセ」ではじまっていました。

日本語になおせば、「フランスの女の人たち、フランスの男の人たち」となるところではないでしょうか。しかし日本語でこうやっては、どうも、かっこうがつきません。

こういう呼びかけは、その国の習慣と、片づけてしまえばそれまでですが、この日常の

習慣のなかに、相手の年令や職業にかかわらず同じに呼びかける、その気持が出ていて、ほんとにいいとおもうのです。

＊

おばさん、おかみさん、奥さん、ママさん、……相手によって呼びかえている私たちの日本語も、なにか、「マダム」のように、ひとことで、だれもおなじに呼べる言葉が出来るといいとおもいました。

春の女神

「あなたは、春の女神の訪れを、ごらんになったことありますか」

カゼのために診ていただいたお医者さまが、おっしゃいました。思いがけない方の、思いがけない言葉に、私は、あわててかぶりを横にふりました。

「ぼくはみましたよ……」

不審顔の私に、やさしい笑顔をみせて、お医者さまは続けられます。

「ぼくがまだ若い頃、新潟県の、越後でも一ばん雪の深い村の診療所で、しばらく暮らしたことがあります。

そこでは、一年の半分は雪の下の暮らしといってもいいくらいでしたから、春のくるのが待ち遠しくて、旧正月も節分も過ぎて、三月が四月になり、各地の花だよりがきこえてくる頃になると、あと一と月の辛抱だなあと、思ったものです。

それは、東京がもうそろそろ新緑の季節だろう、というその頃にやってくるのですよ。

〝土が出たぞー〟

こども達が、大声で叫びながら村の中をか

けぬけてゆく。その声をきくと、みんな仕事の手を止めて、こども達のあとについて走るのです。ぼくも、いそいで聴診器をはずして、患者さんも看護婦さんも、長靴に足をいれるのももどかしく、みなで表へとび出してゆきます。

土が出たのは、村はずれを流れる小川のほとりの陽当りのいい所で、川岸の草むらに積った雪が、だらっとやわらかくなってきて、少しずつ、少しずつ、ドボン、ドボンと小川の中に消えて、水かさが増して行く、そのすぐそばに、ちょうど女の人の片足ほどの大きさに、黒い土がのぞいている……。

村じゅうの大人もこどもも、犬も、僅かにのぞいたその土をみつめて、無言で立ちつくすのです」

その黒い土は、先を急ぐ春の女神が、小川のほとりに、ほんのちょっと立寄った時つけた、片足だけの小さな足あとだったのです。

くるみ割り

ヨーロッパの人たちは、冬になると、好んでくるみをたべるのです。どこの家でも、食卓の上にくるみが、いつでもたべられるようにのっています。

食事のあと、話がはずんで、食卓を去りがたく、みながくるみを割りながら、食後のだんらんをたのしんでいる風景は、どこでも見られます。

ですから、くるみ割りにも、いろいろな種類があってたのしく、私は一時、このくるみ割りを集めることに、すっかり熱中したこともありました。

くるみが、秋から冬の寒さにむかう頃の大切な栄養であり、カロリーであることも、そのとき知りました。

くるみは紅茶にも、コーヒーにも、お酒にもよくあうので、私も、冬になるとやはりくるみを切らさずに、食卓において、なにか口さみしいとき、パチンと割って、自分にも、人にもすすめています。

どうーぞ

寒い寒い日の夕方でした。

六本木の交叉点でタクシーを待っていました。ときおり身を切るような風が吹いてきます。誰もがタクシーに乗る時間なので、空車がなかなかきません。

私の前に、車を待つ先客が二人います。二人とも髪は長く、革の短いコートにジーパンをはき、手に画板をかかえた青年。車道にとびだして、車のくる方をイライラしたようすで見ています。

この二人が車をひろってからでないと、私の番はきません、私も約束の時間がせまって、居ても立ってもいられない気持でした。

やっと一台、青山の方から空車がきました、二人の青年は手をあげて車をとめました。

……見ていたら、その二人が私にむかって、大きな身振りをして、

「おゆずりします、どーぞ」

思いがけないことでした。うれしかったのです。ちょっと、このまま乗ってしまっては、私が勝手すぎると、ためらったのですが、でも好意をうけて乗りました。

ふり返ってみましたが、二人は小さくなって、やがて見えなくなりました。

若い人の心を大切にしなくては、と、それから、思うようになりました。

食卓の布

フランスで永いことお住いだったサト・ナガセさんのお宅に二、三日泊めていただいたことが、ありました。

朝ごはんのとき、テーブルには、紺のクロスが掛けてありました。

お昼には、そのテーブルクロスは片づけられて、一人一人に明るい感じのマットがおかれていました。

夕方、食堂に行くと、サトさんが、マホガニーの食器戸棚の引き出しから、テーブルクロスを二、三枚とり出して、えらんでいるのです。

「今晩のはどれにしようかしら」

料理の色やお皿の色、テーブルの花の色など、いろいろ考え合せて、その日のクロスが

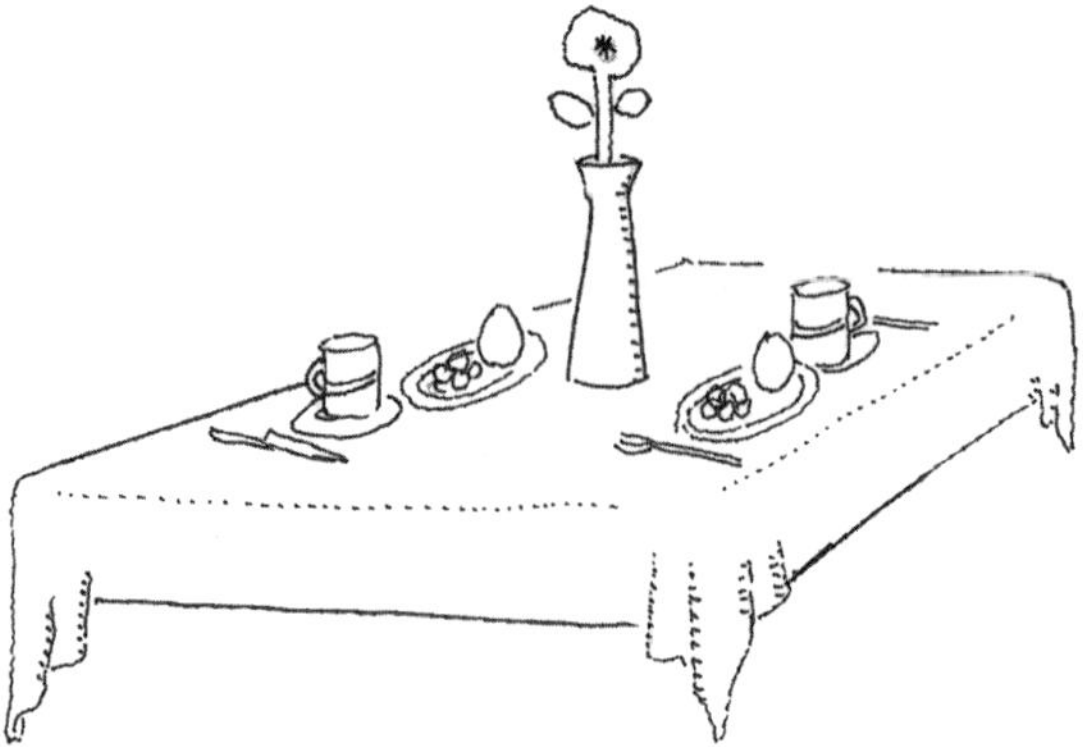

きめられるのです。

「その色調が申しぶんなく、ピタリと合ったときは、ほんとうにうれしいものよ、テーブルクロスは、食事のときには、かかせない大事なものよ、大事なものよ」

サトさんは、私に教えるように、そう話してくれました。

夜のお茶

三晩ほど、お友達のところにご厄介になりました。このおうちは、いまどきで言えば大家族でしょうか。友達夫婦にお子さん二人、お姉ちゃまは大学一年生、弟さんは高校二年。それにおばあちゃま、友だちの妹さんで独身で働いている方、それにお手伝いさんの、合計七人家族です。

このおうちの人たちは、毎晩十時になると、かならず家中が集って、夜のお茶をいただくのです。

この時間になると、みんな自然に集ってくるようです。早く帰った人は、お風呂をすませたり、子どもさんも、勉強にひと区切りついたころです。

寝る前のお茶ですから、軽いのみもの、ホットレモンとかミルクティ、それにクッキー、おかき、果物、だれでもがいただけるものが、用意されます。

夕食に間に合わなかった人も、この夜のお茶には、ほとんど顔を合わせ、みんな、おもいおもいのおしゃべりがはじまるわけです。

ご飯のときは、話ができるようでいて、案外話せないものですが、お茶のときなら、なんでも話せるようです。

わたくしも、お仲間入りさせていただきましたが、お話をうかがっていると、だいたいその日にあったことを、お互いに報告しあっているようでしたし、どこからかの到来物を、そのとき披露したり、明日は私はいつもより早く出かける、とか、みんなに聞いてもらいたいこと、そのときは、春のカーテンが古ぼけたから、もうそろそろ新しいのにしたい、もう、五年も新しくしていない、と友達が言っていました。

予算があれば、新しく、きれいにしたい、と子どもさんたちは乗り気でした、おばあさまだけが、もったいないようね、焼けたとこだけ取っても、だめかしら、といっていらっしゃいました。

若い二人のお子さんの発言の場としても、家中が、このお茶の時間を大切にしているようにも見えました。

朝も晩も、日曜日も、家族のそろわないこの頃です、夜ねる前に、こんなふうに集る、この家の習慣は、すこしばかりねたましいようでもありました。

明治の意地

久し振りにおたずねした、笠信太郎《りゅうしんたろう》さんのお宅で、日曜日の午後を、先生の思い出話ですごしていたとき、お嬢さんの千鶴さんから、意外なお話をうかがいました。

＊

心筋梗塞で死の床にいた父が突然、わたくしにむかって、

「こんど、この病気が治ったら、僕は僕の耳と目のことを書こうと思っているんだ」と、

明るい調子で言うのです。

私はびっくりして、父がなにを言いだしたのか、とおもいました。

そういえば、これまでも、父が机に向うと左ひじをつき、左目をおおって原稿を書いたり、お客さまと応対するときなど、こころもち体を傾けて話をするのを見て、ふと父の片目と片耳が少しおかしいのではないかしら、と思ったこともありましたが、聞いてみることもしないで忘れていました。

だから、父自身の口から、こんなことを聞こうとは全く意外でした。

「片方の耳、ちっとも聞こえないの、片方の目、ぜんぜん見えないの」恐らく、父の生涯を通じて、誰一人、母でさえもたずねなかった質問を、今ならいいかもしれないと思い、おそるおそる、聞いてみました。

父は、ポツリポツリと話し出しました。小学生のとき中耳炎で耳が聞こえなくなったこと、中学に入ってから目の病気で、片方の目が見えなくなった、ということを、はじめて、私たち家族が知ったのです。

「これをハンディキャップと思って、ひがまないようにしよう、誰にも気づかれずに、普通の人と同じ人生を送ってみせよう」と自分が自分に言いきかせた、と話はつづきます。

学生のときは黒板の字がよく見えるように、先生のお話をききもらさぬために、前列の席をとるため、かならず早めに行った、そんな話になると、遠くなった学生時代をおもい起したのでしょうか、天井をじっとみつめて、話はしばらくとぎれました。

社会に出てからこまったことは、会議やパーティの折り、外国人が同席し、しかも悪い方の耳の側へすわってしまうと、聞きとりにくく、その人と話すのに体をねじらなければならず、反対側のとなりの人が不快に思いはしないかしらと、それが一番つらかった、と話してくれました。

そして父は、それからすぐ、病状が悪化して、亡くなったのです。

＊

片方だけの目と、片方だけの耳では、父はずいぶん不自由なことがあったと思うのですが、その一つの目も、とてもきびしくて、私の貼った切手が、ほんのちょっと、まがっていたのをみつけて貼り直させられたり、言葉にならないような、いい加減な私のおしゃべりを、聞きとってくれていたのでした。

「絶対に、ひがんではいなかった」

と父は言っていましたが、誰にも知られまいと思うこと、そのことがひがみであったのかもしれません。

そのひがみを、ひがみでなくするために、払われてきた父の努力は、きっと大変なことだったとおもいます。母も私も、そのことについては、ほとんど気がつかないですごしてしまったのです。

父が死の床で、それを私に話したのはなんだったでしょう、自分のそうした生き方が、間違いなかったと確信をもったからでしょうか。

＊

この千鶴さんのお話をうかがって、まだお元気なころ、朝日新聞の論説主幹室に笠さんをおたずねしたとき、前こごみになって、一心に校正刷に赤字を入れていらした姿が、目に浮かびました。

私の話に、体をななめにして、やさしく聞いて下さった笠さんに、そんなご不自由があったのか、と思う反面、なにか明治の人の意地というか、心意気のようなものが、わかったような気がしました。

長ねぎのグラタン

長ねぎは昔から、初霜の降りるころから早春までが、とりわけおいしいと言われています。八百屋さんの店先に、太くてまっ白い長ねぎを見かけると、私は長ねぎのグラタンを作りたくなります。長ねぎは、油ととてもよく合い、とくにバタとのとり合わせがおいしくて、やみつきになるほどです。

三人分として、長ねぎを4、5本用意し、白いところを6、7センチの長さに切り、味がしみこむように、竹串で何カ所か刺しておきます。

浅い広めのナベに並べて、ヒタヒタの水と、塩を茶サジすり切り1杯くらいパラパラッと入れ、バタ大サジ山1杯加えて、コトコトと十分くらい、やわらかくなるまでゆっくり煮ます。水が多いと味が薄くなりますから、バタと塩気が長ねぎによくしみこむように、ちょうど煮つまるくらいにしてください。

大きめのグラタン皿にバタをぬり、やわらかく煮えた長ねぎを、お行儀よくならべます。コショーをふり、全体に生クリームをかけます。これは、一本一本の上に、ちょうどおしょう油をかけるような感じで、スーッとかけまわします。

そしてチーズ。できればおろしたての粉チーズをたっぷりかけてオーブンに入れ、チーズがとけてこんがりとおいしそうなこげ目がついたらテーブルへ。

舌のうえでとろっと、とけるような長ねぎのグラタンには、ちょっと温めたフランスパンがとてもよく合います。

ねぎは、くれぐれも、むっちりとした、白く太ったものを。

ヤンソンの誘惑

「ヤンソンの誘惑」というふしぎな名前がついている、北欧スウェーデンのじゃがいも料理のお話です。

スウェーデンには、よく、じゃがいもを使った料理があります。

酢漬けのニシンに、山のようについてくる、ゆでたじゃがいも。サワークリームであえた、じゃがいもの団子、サイの目に切って肉や玉ねぎと妙めたり、ニシンと重ねてグラタンにしたり……。

この「ヤンソンの誘惑」もグラタンふうの温かい料理です。じゃがいもを細く切って、アンチョビと層にして焼いた、しゃれた料理です。

名前の由来をうかがってみたら、肉や魚をたべない宗教家のヤンソンという人が、あまりにもおいしそうなそのにおいにそそられ、つい食べてしまったという話から、名前がついたというのです。

とにかくじゃがいもとアンチョビでは、おいしいことはたしかです。私も作ってみました。とてもカンタンにつくれて、誰にでも失敗なくできること。お肉やお魚のつけ合わせにいいだけでなく、香ばしい焼きたては、コーヒーや紅茶にもよく合います。

＊

作り方は、じゃがいも中くらいのを5、6コ。アンチョビは12、13枚くらい、これは、好みで、もっと多くてもけっこうですが、缶によって塩辛さが違いますから、はじめに味をみて加減します。

それに玉ねぎとパン粉、バタと牛乳と生クリームがいりますが、生クリームがなければ牛乳だけでも、それなりにさっぱりたべられます。

じゃがいもは、5ミリ角くらいの棒切りにして、水にさらしておきます。

玉ねぎは2コぐらい、タテに半分にしてから薄切りにして、バタでやわらかくなるまで炒めます。

大きめのグラタン皿にバタをぬります。じゃがいもを水からあげ、ふきんでよく水気をとってから、一列にならべます。これに軽く塩コショーしてから、炒めた玉ねぎとアンチョビをおき、またじゃがいもを並べ……という具合に、二、三段、層にして、上はじゃがいもで、おおいます。この上にパン粉をたっぷりふりかけ、バタをとかして全体にまわしかけます。

生クリームと牛乳を、合せてカップ2杯、上からそそいで、オーブンで四十分くらい焼きます。

温度は、中くらいです。途中でこげ目がついたら、アルミホイルでおおって、じゃがいもが柔らかくなり、クリームが煮つまってくるまで火を通します。

＊

じゃがいもは、フワッとやわらかく、パン粉がキツネ色に香ばしく、アンチョビの塩気もほどよく、ヤンソンさんでなくても、このじゃがいも料理の誘惑から、のがれられなくなると思います。

くれぐれも熱つあつで。

女王陛下のメープル・シロップ

一通の、すてきな手紙をよみました。贈物を受け取ったという、短いお礼状です。

差出人は、英国王室の侍従長ピーター・アシュモア卿。バッキンガム・パレスの紋章入りの便箋に書かれています。

カナダのケベック州にある、フェン・ディベール社の会長に宛てたものです。フェン・ディベールといえば、フランス語で〝冬の終り〟という意味です。

そのカナダの〝冬の終り〟社が、エリザベス女王に、自社の製品のメープル・シロップを贈った、そのお礼を、侍従長が一筆したためたものなのです。

*

わずか十数行の短い手紙ですが、文面にひかれて読むうち、いろいろなことがわかります。

女王さまが、大変そのメープル・シロップをお気に入りなこと。夫君エジンバラ公もお好きなこと、王室ご一家の好物として、朝食の食卓に欠かせないこと。そして手紙はさらに、お茶やトーストやバタといっしょにシロップがならぶ、女王さまの朝食のテーブルまで想像させてくれます。

私も、メープル・シロップのトーストが好きなのです。蜂蜜よりちょっと軽やかです。

イギリスの朝食のパンは、薄く、キツネ色に焦げていて、ななめに二つに切った三角形のトーストが、トースト立てに数枚たって出てきます。イギリスの朝の匂いです。

トーストに、バタをよくよくぬりのばして、私はシロップをたっぷり以上にかけます。こぼすまいと気にしながら、ゆっくりと口に運びます。そのあと、ティの香りが身にしみます。

バタもやわらかい匂いです。

シロップは甘く、かすかに樹の香りを残しています。すがすがしい匂いです。

メープルとはカエデの木のこと。シロップはその樹液を煮詰めて作られます。一リットル作るのに四十リットルの樹液が必要で、まだ雪の残っている早春のメープルから採るということです。食卓のシロップは琥珀色です。

侍従長の手紙をよんでください。私も、こんな楽しい手紙が書けるようになりたいと思います。

＊

拝啓

貴社より御親切にもお送りいただいたカナダ産純粋メープル・シロップは、無事バッキンガム宮殿に届きました。そして今晩、私はザンビアのルスカ市に飛び、御滞在中の女王陛下にお目にかかりますので、その際、貴殿からのこの贈物のことを御報らせ申し上げる所存にて、取あえず貴殿にこの書簡をお書きしている次第です。

貴殿のこのお心づくしの贈物は、女王陛下も、きっとお喜びになられることでしょうし、女王陛下は貴殿にお礼を述べておくよう私に御指示なされるに違いありません。

女王陛下を始め、エジンバラ公、そして王室御一家の皆さまは、他に類のない、特別なこのメープル・シロップが大好物でございます。女王陛下の御朝食の食卓には、きまって、このメープル・シロップが並べられるのが特色ですし、またその他の王室の御食事の際にも、しばしば卓上に並べられます。

そして女王陛下は、このメープル・シロップが、貴国をご訪問なされました際の幸福な時々、そしてまた素晴らしいケベック州を御訪問なされた際、お受けになられた公式、そして友情あふれる歓迎の数々をおもい出させると私に申されておられました。

敬具

（昭和60年）

ドウモイさん

夕食の後の片づけものって、ときには、いやになってしまうことがありますね。そんなときに、よく母が話してくれたロシアの古いお話を思い出します。

「どこの家にも、ドウモイという名前の魔物が、住んでいますよ。

ドウモイは、誰も見たことがないの。象のように大きいという人もいるし、いや、アリよりも小さいのだという人もいますが、目には見えないので、大きさはわかりません。

ドウモイは悪さをするので、はじめは、人間に嫌われましたが、悪さをするのは、人間のほうが悪いからです。ドウモイの嫌いなことをするから、悪さを働くのですよ。

ドウモイを、家の守り神だ、という老人もたくさんいるの。ドウモイは、住んでいる家がとても好きで、ことにせっせと家の仕事にせいを出す主婦が大好きです。

きちんと整頓された食器棚やタンスの中、よくみがかれた床やお風呂場、そういうきれいなところでは、ドウモイは何の悪さもせずに、泥棒や災害から家を守ってくれるのです。

ところが反対に、夜の片づけものを、なまける主婦には、積み上げた茶碗やお皿をこわしてみたり、汚ないふきんに一晩でカビをつけたり、戸棚に気の遠くなるような、いやな臭いをつけたり、よごれたお風呂場で、足をすべらせたりします。

家の中をそんなにずぼらにしていると、家族が病気になったり、よくないことがたくさんでてきます。だから一日の仕事の終りに、きちんときれいにしておけば、朝起きても気持がいいし……ということは、ドウモイさんも気分がよいのです。

生活を楽しくするのには、まず、家の中を整理整頓しなければいけないということですよ」

でも、私など、なかなか、そうはいきません、ですから片づけものがその日のうちにすまないときは、ドウモイさんに、心のなかで、

「あしたは、必ず、きれいにしますから」

と、約束するのです。

ずぼらを決めこむとき、どこからか、ドウモイのお話をする母の声が、きこえてくるような気がします。

紙袋

横須賀線で、鎌倉へ行きました。めずらしくガラあきの電車で、のんびり乗っていました。川崎に停車すると、フーフーいいながら二人づれの男の人が乗ってきて、ななめ前のボックスに坐りました。大きな紙袋を大事そうに持っているのが目につきました。

大船にとまって、二人はおりて行きました。私は、あればアジの押しずしでも買おうかしらと窓を開け、首を出していました。その前をさっきの男の人が通りました。あの大きな紙袋を手にしていません。

「忘れたんだ」とおもい、見上げると、あみ棚にさっきの紙袋がのっかったままです。男の人ですから、もう階段を上って姿は見えなくなってしまいました。そこへ発車のベル、ベルを押している駅員さんに私は、

「来て下さあい」と叫んでしまいました。駅員さんは、何事か、と目をむいてやってきました。

「忘れものらしいんです、アレです」駅員さんは、すぐ電車に乗りこんできました。

紙袋をつかみました。

「カラですね」

「あらあ、カラでしたの、ごめんなさい」

私は、あわてました。離れて坐っていた人たちはどんな顔をしたでしょうか、そんなことわかりません。でも駅員さんは、その紙袋を持ったままホームにおりて、発車の合図をし、電車は出ました。

それでも、カラの紙袋でも、そうやって、ちゃんと手に持っていてくれたので、すくわれました。私のバツの悪さを、かばってくれたのです、きっと。

胸を張って

わたくしは、少し猫背ぎみで姿勢のわるい方なのです。姿勢がわるいと、なにを着ても、どんなにおしゃれをしても、なんだかダメなのです。

そのことは、とても気になって、気をつけていますけれど、永いあいだの習慣で、すぐに背中をまるめてしまいます。

立っているときは、手をうしろにまわして、両手を組むようにすると姿勢がよくなるから、習慣にしなさい、と人に言われました。

外国映画などを見ていると、女の人が、手をうしろにまわしてたたずんでいる場面が、よくあります。なんにも持っていないときはやはりうしろで、片方の手で、片方の腕の上の方、つまり上はくをつかみます。

こうすると、しぜんに肩の骨がひろがるような感じになり、胸を張る姿勢になります。猫背の人が胸を張るのは、なかなかつらくて、長つづきしませんが、こうやると、その時間だけでも、苦労なく胸が張れます。

そうやって、十分もそのままにしていると、胸のへんが気持よくなってきます。

姿勢のわるい方や、ふだん、下をむいたり、こごんで働いていらっしゃる方に、是非おすすめしたいことです。

真珠とひき蛙

小さいとき、寝ものがたりに母がよく、こんなことを話してくれました。

「きれいな言葉は真珠に変り、いやな言葉はへビやひき蛙に変りますよ」

私は、母の真珠の指輪を見ては、こんなきれいなものが、唇からポロポロこぼれたらどんなに素敵だろうと思いました。

そして、もし、口の中からへビやひき蛙が出たら、どうしようか、と、ほんとに、小さかったので、そう思ってしまったものでした。

＊

その後、大人になって、言葉の大切さをときどき思うようになってきたある日、旧約聖書の箴言《しんげん》の一節に、
温柔《やさ》しき舌は生命《いのち》の樹なり
悖《もと》れる舌は霊魂《たましい》を傷《いた》ましむ
というのをみつけました。
あたたかい、思いやりのある言葉をうけると、どんなにか心がなごみ、そして、生きてゆくのが、たしかにたのしくなるのです。そして、その人こそ、大きな愛の力を持っているように思えるのです。

＊

「やさしき舌はいのちの樹なり」とくちずさむと、ふしぎに心があたたかくなって落着きます。言葉の持つ力を、昔の人も知りつくし、言葉を大切にしていたようです。

聖書の一節に、こういう言葉を入れた、むかしのひとたちの叡知がうかがわれます。

赤い苺

フルーツパーラーに苺のメニューが多くなって、その日、私はストロベリーのジュースを注文しました。

となりのテーブルに三人連れの男の人たちがすわりました。

「生クリームのたっぷりかかったやつがいいな」「苺クリームだよ」「おれは苺パフェがいい」。初老の、と申し上げては失礼でしょうか、三人の男の人たちの円テーブルに赤い苺と白いクリームが置かれたとき、それは、ちょっとフシギで、なにか、たのしい絵のようでした。

「何がショックだって、あれね、どうぞって席をゆずられたときさ。まいったよ」

「まったくね。それが、いつくるか、僕はまだまだ……アッハハハ」

「オレもまだ一度もないよ、お前がやっぱり一番早かったなあ、アハハハハ……」

「一週間くらい寝込みたい心境だったよ」

大きな声なので、三人のお話は、手にとるようにきこえてきます。

＊

赤い苺をかこんだ人たちの後姿に、そおっとあいさつして、私は席を立ちました。

お大事袋

カーテンを新しくしました。前は、綿ビロード地のカーテンで、日の当ったところだけ色が変った、というだけのことで、布地は、そういたんではいないのです。

捨てるのはもったいないし、そこで、かねがね欲しかった袋を作ることにしました。時間のあるときに、編物でもするように、ポツポツと、ていねいに袋を作っています。

その袋を、私は〈お大事袋〉とよんでいます。

＊

なにかのことで、イギリス人のお宅にうかがったとき、おうちの中を案内していただきました。

「シーツやタオルはここですね、テーブルクロスやナプキンは、この引き出し……」と初対面の私に、戸棚の中まで見せて下さいました。

最後のベッドルームで、戸棚を開けました。中の二段はハンドバッグの棚になっていて、バッグをおさめた袋が整然と並んでいたのです。

「こうしておくと、ホコリにもならないし、革にキズもつきません。箱より場所もとりませんし、使うとき、すぐとり出せます」

外国では上等なバッグは、はじめからやわらかい布の袋に入っているものですが、ない場合には自分で作ります、とのことでした。

布地はネルだったり、厚手の木綿だったり、ウール地のようなものあり、さまざま。そして袋には、それぞれ、わかりやすいように目印がついているようでした。

そこで、私も、いつかマネしたいと思っていた、と、こういうわけなのです。

＊

私がいつも入れているのは、ハンドバッグの他に、たまにしかはかない靴などです。大きさによって、ほかにもいろいろ便利です。

旅行に行くときには、カメラやフイルムを入れると、とても重宝ですし、小さめにつくった袋には、ブローチやネックレスなどのアクセサリを入れたりもしています。

このことを友だちに話しましたら、その人のお家では、お祖母さんのいらした昔から、お客さま用の大事なお皿や鉢などを一つずつ布袋に入れて、ちょうど、巾着をしぼるようにして、しまってある、ということでした。

大事なものはどこでも、やっぱり同じように、袋のなかにしまってあるとわかって、なんだかうれしくなりました。

三月の章

ロンドンのアパートで

アパートのエレベーターで乗りあわせた十七、八歳の女の子です。自分のフロアーが近づいて、ハンドバッグの中のカギを探している様子。

ひょいとつまみ出したのは、小さい子ども用のソックス。そのなかで、カギのふれあう音がカチャカチャとしています。

まだ、ふっくらとした手が、赤いウールのソックスの口をにぎって、ふっているのです。カッコいいキーホルダーに、拍手したくなりました。おしゃれの上手な、そして、きっと素敵な人になるだろうと、あらためて、降りていく後姿を眺めました。

ロンドンの下町の、ある夕方でした。

ホットケーキ

ある休日、うっかりしてお菓子の買いおきを忘れました。家族がたまたま顔を合わして三時のお茶をたのしみにしているのに、困ってしまいました。

でも……、アタマをめぐらしてみましたら、冷蔵庫にはタマゴ、ミルク、バタがあります。ホットケーキを焼こうと思いつきました。牛乳のたっぷり入った紅茶をそえて……。

これですっかり気がらくになりました。台所に入って、久し振りにホットケーキをつくりました。そのホットケーキ、直径8センチくらいの小ぶりにし、厚さもうすく、数はたくさん焼きました。

そして、ジャム、マーマレード、はちみつ、生クリームの泡立てを、それぞれ器に入れて出しました。

ワイワイと、三時のお茶は、四時までつづき、なにか出来合いのケーキのときより、ずっと話がはずみました。

紅茶の色

イヤリングもない、ブローチも、指輪もない、ただ茶色いとっくりのセーターに茶色いスカートのお嬢さん。汽車にゆられて、ペーパーバックスの本をよんでいます。

クシャミをしたとおもったら手元の黒いショルダーバッグからでてきたハンカチが、鼻から口をおおいました。

なんときれいなハンカチ。赤っぽい茶色にグリーンのふちどりのハンカチは、たった一つ、見事に動くアクセサリでした。

クシャミから打ちとけて、そのひとは、紅茶を煮立てて、ハンカチを紅茶でそめたのだと教えてくれました。さすがはイギリスの紅茶の国の人とおもいました。

森鷗外の西洋料理

森茉莉《もりまり》さんにお目にかかり、おたがい、食いしん坊なので、いつの間にか話がおいしいものに移ってゆきました。

近頃はなんでも買えるし、なんでも食べられるので、かえってわたくしたち、不幸になってしまったのではないかしら、わたしの小さい頃は「今晩は西洋料理よ」と母に言われると、うれしくて、妹の杏奴《あんぬ》と二人で飛び上ったものよ。

うちの西洋料理は、父がドイツから持って帰ってきた料理の本を翻訳して、それを母に説明しながら作らせたものでした。

いまでもよくおぼえているけど、その本はレクラム版で、うすい灰色がかった水色の表紙だったわ。

父はドイツで本物の味をおぼえてきているから、母が作ったものを食べてみて、もっと塩をとか、もっと煮込んだ方がいいとか、そういうふうにして、その頃の森家には、独特の西洋料理があったわけなの。

あの森鷗外に、そんな一面があったのか、とほほえましく、お話をききました。

お料理の主なものは、そうねコロッケ、カツ、シチュー、それにサラダ、そんなものだったわね。

一番おいしくて、忘れられないのが、〈牛肉とキャベツの煮物〉。キャベツを四つ割ぐらいにザックリと切って、牛肉はスープ肉でなくて、もう少し上等なところをひとかたまり、大きいまま入れて、水からコトコト長いこと煮てゆくの。
二、三時間、水を足しながら煮てゆくと、キャベツは飴色にくずれるようになり、牛肉はバラバラに、センイだけみたいになるの。
それを最後に、塩とコショーであっさりした味をつけます。スープをたっぷりとって、キャベツと牛肉をいただくのだけれど、そのキャベツのおいしかったこと、こどもの私でもよくわかったわ。

コロッケはね、人参を砂のようにほんとにこまかく、ミジンに刻んで牛の挽肉といっしょにして、バターたっぷりでいためてから、つなぎを入れて丸めるの。

べつにじゃがいものマッシュを作って、そ

れをよくねると、お餅みたいに、ねぼりが出てくる、それを薄くのばして、さっきの牛肉と人参をおまんじゅうのようにつつんで、俵形にするの。

それに、メリケン粉と玉子をつけ、パン粉をつけて揚げました。これ、うちの母がとても上手だったわよ。

それからサラダね、ひらめを小さく切って塩をしておき、水とお酢を半々に合わせた中でサッとゆでる。おじゃがと人参をさいの目に切ってちょっとやわらかいぐらいにゆでて、それとカン詰のグリンピース。

玉ねぎはそんなにミジンにしないで、ミジンの荒切りぐらいにして、水にもさらしたりしないで、そのままで、玉子はかたくゆでて小さく切って、それを全部まぜるわけ、そして、

その上から酢油ソースをたっぷりかけるの。

このサラダは父がとても好きで、よく、父のお皿からわけてもらったわ。

それから、シチューにするような肉を買ってきて、おなべにバターをとって、表面の色がかわるぐらいまでいためて、それを出して、そのあとのなべで玉ねぎをいためて、それも出しておいて、あとへ粉とバターを入れていため、ブラウンソースを作って、そこへさっきの肉と玉ねぎをもどすの。

そして、水を入れて、いい赤ぶどう酒、〈メドック〉ぐらいのものを入れて煮こんだの、このシチューもとてもおいしかったわ。

カツレツなんかは特別どうということがなかったけれど、トンカツでなく、いつもビーフカツなの。母が肉屋さんに「牛肉をお刺身のように切って、三百匁《もんめ》」とよく注文していたことをおぼえてるの。だから、父は薄いカツが好きだったようよ。

父は軍医で、ドイツの衛生学にこりかたまっていたので、うちでは、生の果物はいけない、というので、果物は、なんでも全部煮てたべていたの。お父さん、まだヴィタミンCのことなんか知らなかったらしいわ。

果物は煮て、コンポートにしてたべたのよ。リンゴも桃も梨も。梨といえば、思い出すのは〈プラムと梨のコンポート〉。

梨を煮て、やわらかくなったらプラムを入れ、お砂糖を少し入れてゆっくり煮て、最後にお酒も入れたかしら、その頃のことは、そこまではおぼえていないけど、このあいだ、作ってみて、最後にラム酒を入れたら、とてもおいしくてよ……。

茉莉さんのお話は、つぎからつぎにつづいてゆきました。

門前の小僧

お魚にさわるのもこわいような気がする私は、お魚をおろすことなど、とても出来ない相談だと、いつも魚屋さんに頼んでいました。

でも夕方、魚屋さんのいそがしいときに、アジをおろしてちょうだい、キス三枚におろしてね、などとたのむのが、悪いような気がして、自分でなんとか出来ないものか、と思いはじめたのです。

考えてみたら、べつに料理学校に行かなくても、すぐ目の前に立派な先生がいる、お魚屋さんの先生が、次から次に、いろんなお魚をおろして、毎日みせてくれているわけです。

そう思いついてから、魚屋さんの手さばき、庖丁さばき、お魚の洗い方を、一生懸命見ておぼえました。

見たとおりに、下手でも順々にやってみました。水で洗う、ヒレをとる、頭を落す、おなかに庖丁を入れる、中骨をとる、皮をとる。

はじめは、ぐちゃぐちゃになったり、皮が半むけになったり骨に身がいっぱいついたり、たいへんなできばえでしたが、半年くらいたったら、大きめのアジだったら、「門前の小僧習わぬ経をよむ」式に、なんとかこなせるようになりました。

なにかわからないときは、魚屋さんにききますと、とても親切に教えてくれます。

それまで、早く私の魚を作ってもらいたい、と、順番を気にして、イライラしたりしていましたが、今では目を皿にして魚屋さんのすることをみて、あの方のおうちは今日はイカのお刺身。この方は、カレイのお煮つけかしらと、ながめたりして、大切な時間にしています。

さりげないおよばれ

「今夜、もし、あいていらしたらうちで、ご飯をご一緒できないかしら、と思って……」

友達からのお誘いの電話です。

「うちにあるししゃもを焼いて、小松菜を炒めて、かぶのお味噌汁。それだけなのだけど。ごはんは昨日たくさん炊いてしまったので、チンであたためるだけ、いいかしら」

シンプルなメニュウを聞いて、かえってうかがいたくなりました。ご馳走がならぶお誘いでしたら、ちょっとお断りしたい感じの体調だったのです。

友達とは、もう四十年もの長いおつき合い。歩いて五分ほどのところにお住まいで、夕方、すっかり戸締りをしてから、ゆっくりうかがいました。

その日の夕食にと作っておいた、切干し大根と油揚げの煮たのと、たらこを持って行きました。

お友達夫婦、私たち夫婦、還暦もすぎた四人には、こんなホッとするメニューの夕食がなによりです。

目の前でししゃもをこんがり焼きながら、話がはずみました。健康管理のこと、好きなピアニストのコンサートの話、これからの生き方についてなど、しみじみとした話がつづきます。

友達は時折り、席を立って、小松菜をシャキッと炒め、昆布でだしをとって、お味噌汁を作り、ベテラン主婦の手早い仕上げです。

切干し大根の煮たのとたらこも、ぴったり合って、和食のおかずがほどよくそろった食事になりました。食後は、ほうじ茶と干し柿。しぶいおもてなしです。ついつい時のたつのを忘れました。

前々からお約束して、用意して、というより、こんなさりげないおよばれもあることを、ついお知らせしたくなりました。

黒文字の木

旅先のお昼に、おそばでもいただこうと立ちよったお店。同行四人がテーブルについて注文をすませますと、店のひとが、一人ひとりの前に十四、五センチほどの小枝を置きました。

箸置きでした。

でもこの小枝、梅ではないし、なんでしょうと、手にとって鼻に近づけました。切り口からは、さわやかな香気が漂ってきます。

「黒文字です。楊枝にする、あれですよ、匂いをかいでみて下さい」

よくみると、黒みがかった枝のところどころに、白っぽい蕾らしいものがついています。

これがあの黒文字……。春を待って早くも蕾をつけたのでしょう。

久しぶりに訪れた二月の高山でのことでした。その年は雪も少なく、いつもと違う冬に、気の早い黒文字は、もう春が来たのかと蕾をつけたのかもしれません。

「これ、挿木したらつきそうね」

四人のなかの植物大好きがいいました。捨てられて枯れそうになった草花を、見事に生き返らせる名人です。

「黒文字、いただいて帰っていいでしょうか」

「どうぞ、どうぞ」

お店の方の返事に四本の黒文字が、名人の手に託されました。

高山から名古屋までの列車のなかでも新幹線のなかでも黒文字は特別待遇、物が上にのらないようにと、大事にされての旅でした。

名人は、さっそく、黒文字を植木鉢に挿木しました。それからは毎日黒文字電話のやりとりです。

「気のせいか、元気になったみたい」「蕾がふくらんで来たような気がするけれど……」

挿木して二週間、高山から東京に住まいを移し元気になった黒文字。

「原色樹木大図鑑」には、花はこんなふうに書かれています。

「四月に葉とともに開花。葉先に淡黄色の小花を散形花序につける。(略)液果は球形、十月に黒熟する」

ちなみに、黒文字という名は、緑黒色の樹皮に黒い斑点があることから、それを文字に見たててつけられたそうです。

普通は二、三メートルになるという黒文字。友人の庭に黒文字の木が育った姿を想像しています。

片栗のお花見

今ごろになると思い出される、すてきなお花見をお伝えいたします。

二、三年前の三月のこと、しばらくお会いしていないお友達からハガキが来て、片栗のお花見に誘われたのです。写真で見たことはありましたが、片栗の花が実際に野に咲いているところを、私は見たことがありませんでした。お誘いにうれしくなりました。

ハガキには「今年は花が遅いという話ですので、今月の三十一日ぐらいにいかがですか」とありました。

待ちかねたその日が来ました。ところがなんとその日は、雪がちらほら舞っています。でも雪のお花見なんて、望んでもなかなか叶うことではありません。かえって今日は、風流な一日になりそう、と思いました。

片栗が群生しているのは、東京の新宿から出ている京王線の、京王片倉という駅から歩いて十五分ほどの城址公園の奥、ということです。

久し振りに会ったお友達は、

「せっかくいらしたのに、かたくりの花は、雨が降るとみんなうつむいてしまうのよ、雪でも、きっとそうでしょう」と残念がります。

せっかくのあこがれの片栗の花。下を向いていても、ぜひ会いたいと歩き出しました。

城址公園の奥まった斜面に、花はほんとに首うなだれて、ひっそりと咲いていました。赤みをおびた淡紫の花の群れは、どこまでも続いています。その上に雪が少しずつ積っていきます。

私たちだけで、他には誰もいません。片栗は花の色まで控え目にして身を縮めているようです。それがかえって、想像力をかき立ててくれます。

晴れた日、片栗の花が、いっせいにお陽さまに向かって、華やかな笑顔を開いている風景を思い浮かべることができたのです。

後日、片栗の花は、

物部《もののふ》の八十《やそ》少女《をとめ》らが汲《く》みまがふ
寺井の上《うへ》の堅香子《かたかご》の花
（大伴家持）

と万葉集に詠まれていると、その友達から教えていただきました。

堅香子は片栗の古名、物部は八十にかかる枕ことばで、歌のおよその意味は、たくさんの少女たちが、入り乱れて水を汲んでいる寺の井のほとりに咲く堅香子の花の、なんと可憐なことよ、ということだそうです。

忘れられないお花見でした。

水たまり

家の前の道が、舗装されました。以前は四角いコンクリートの板が敷きならべてあったのがとりはずされ、つぎ目のないアスファルトになったのです。

雨の日でした。おどろいたことに水たまりがあちこちに出来てしまいました。たいらに工事がしてあるとばかり思っていましたが、ずいぶん、でこぼこしているのです。

水たまりをぴょん、ぴょん飛びながら、なんてズサンな工事だろうと腹を立てていました。

ある雨上りの日曜日、窓からなんということもなく、水たまりのある歩道をながめていました。空はすっきり晴れ上がり、水たまりには、その空がうつっていました。

そこへ、パッとなにかが降りてきました。ちいさなスズメです。気持よさそうに水浴びをはじめました。

また一羽、降りてきました。二羽のスズメは仲良く水浴びをたのしむと、連れ立って、とび去ってゆきました。

私が腹を立てていた水たまりが、こんなにスズメたちの役に立っていたとは、思いがけないことでした。

考えてみれば都会は、どこもここも、舗装されてしまいました。もとは、土の道でしたから自然にくぼみが出来て、雨が降れば、そこに水がたまり、鳥たちの水のみ場になったり、遊び場になったでしょうに。

こんなふうに、舗装されてしまうと、鳥たちは水浴びもできないのです。

その日は何羽ものスズメが、水たまりに来て、水浴びをしてゆきました。夕方には、歩道はかわきました。こんど雨が降って、ここに水がたまるのはいつかしら……。

明日こそは

もうずいぶん前のこと、日本橋の丸善の洋書の棚で、フランスししゅうの本をみつけました。

フランス語は読めませんが、表紙は、粗めに織った麻布にすてきな赤い糸で、誰でも出来そうな、やさしく可愛いししゅうがしてありました。

ししゅうは女学生のとき習ったあと、まねごとのように、少しやっただけでした。

その本を、なつかしい思いで手にとってみました。むずかしいものはのっていなくて、小さい花とか鳥などが、初歩のやさしい刺し方で、刺されています。

ナプキン、テーブルクロス、ベッドカバー、カーテン、ピロケース、クッション……、久し振りでフランスししゅうをしたくなり、その本を買いました。

そして、そのまま、日がたちました。

でも、ときどき、その本を開きます。そしてはじめから、一頁一頁、見てゆきます。そして「ししゅうをしよう」と決心します。そしてそのことをまた、いつしか忘れてしまうのです。

そしてまた、半年ぐらいたったあと、その本を手にとって、やっぱりししゅうをしよう、と思い立つ、そんなことをくり返して、もう五、六年もたってしまいました。

でも、その本を手にとっているときは「明日からししゅうを」と、いつも思っているのです。そのときはとってもたのしいのです。

雨と傘と

小さな図書館を出ると、雨が降っていました。

ひと足先に出られた女の方は、傘の用意がなかったようで雨に立ちすくんでいます。ちょっとかけ出して行くには、無理な降りかたなのです。

その朝、私は用心よく傘をもって来ていましたが、ハンドバッグの中には、いつも折りたたみ傘を入れています。

とっさに、

「よろしかったら、これをどうぞ、私は折りたたみを持っていますから」

と声をかけて、さしかけた傘を差し出しました。

ふり向いた方の顔には、不安な表情があふれています。

気がつきました。日本の言葉がわからない様子です。でも差し出した傘をみると、にっこり笑顔になりました。

「この傘をどうぞ。もし、おついでがあったら、あそこに入れておいて下さればけっこうですけれど」

といいながら、手振りに、身振りも加えて、入口の傘立てを指差しました。

はにかむような笑顔で、その人は小さくおじぎをすると、私の傘をさして雨の中へ出てゆきました。

二、三日して図書館の前を通ると、傘立てにポツンと一本、見なれた私の傘がありました。みると、柄のところに、小さな小さなマスコットのような、南の国のお人形が結んでありました。どこの国のものか、わかりません。

でも、私はその小さなお人形を大切に、大切にしたいと思いました。

赤いコート

去年のいま頃でした。

大阪に仕事があって出かけ、ホテルに泊っているとき、昔、たいへんお世話になった方が亡くなられたことを知りました。

仕事の時間を割いても、お訪ねして、奥さまをおなぐさめしなくてはと思いましたが、私はなんと、そのとき赤いコートを着ていたのです。

赤を着て、おまいりに伺うわけにはいかない、どうしよう、どうしようと思いました。

でもコートのために、もう一度出なおして来る、というわけにもいきません。それより奥さまにお会いして、おなぐさめするのが第一。赤いコートのことは、ゆるしていただこう……。

阪急電車の夙川《しゅくがわ》駅におりました。それこそ十五年ぶり、すっかりモダンに変った町並みにおどろきながら見覚えのある橋を渡りました。

門は大きく開かれていて、喪服の先客が、二組ほど帰られるところです。ちょうどその日が三十五日の忌にあたっていたのでした。九十六歳で亡くなられたご主人、奥さまも、もう八十五はすぎておられます。

私の顔を見るなり涙、涙、私も、なみだ……。

おいとまをするとき、私は旅先きで赤いコートのままでごめんなさい、と申し上げました。するど、奥さまは、

「いいえ、赤いコートで来て下さって、うれしかったわ、みなさん、黒い服ばっかりで、いらっしゃるもの……」

〝赤いコートで、かえってうれしかった〟とおっしゃるのです。

私の心も、とっさにやすまり、赤いコートのままで伺ってよかった、と思ったのでした。

言葉の幸せ

ニューヨーク行きの飛行機のなかで、アメリカで医者をしている息子さんを訪ねるという、フィリピンのご夫婦とお友達になりました。

機内食についていたニギリずしとそうめんの食べ方を、教えてあげたのがキッカケでした。

そのご夫婦の姓はフロルデリス、弁護士のご主人がマリアノ、夫人がサルバチオと、スペイン系のお名前です。

はじめは、中国の方かな、とおもったくらい東洋的な顔立ちで、流暢な英語を話します。

もしフィリピンに来ることがあったら、ぜひ寄ってくださいと、住所書きを下さいました。

お二人は日本を高く評価して下さっていて、しばらく日本やフィリピンの話をしてから、私は、本を読みはじめたのでしたが、その日本語の本を見て、ご主人のマリアノさんがしみじみとした口調で、

「自分の国の言葉を持っている日本の人がうらやましい」

とおっしゃるのです。

「自国語は、何ものにもかえがたい宝ものです。私たちには自分の国の言葉というものがないのです。悲しいことです」

フィリピンの人が英語を話すのを、ふしぎとも何とも思わないできた私は、その言葉にびっくりし、胸をつかれる思いが、しました。

〝自分の国の言葉を持つ幸せ〟というものがあったのです。たしかにそうです。もし日本に日本語がなかったら……、そんなことが考えられるでしょうか。

税関を出たところで、お二人と別れましたが、フロルデリスさんのおっしゃった〝自分の国の言葉を持つ幸せ〟ということの重い意味を、いまでも忘れられません。

春の星

駅を出ますと、タクシー乗場には長い列ができていました。

春だというのに、寒い夜になったので、いつもより、タクシーの来るのが待ちどおしいのです。私の番はまだ先でした。

薄着だったのでしょう、待つ間、寒さしのぎに、足ぶみをしている人のあとについて、

駅の時計をながめたり、ぼんやり、明日のことを考えたりしていました。

「星がきれいですね」

そういう女の人の声が、四、五人先あたりで上りました。いつも駅前にはネオンがひしめいていて、私は星のことなんか、すっかり忘れていました。

その声につられ、目を凝らして夜空をながめると、ひとつ、またひとつ、星が見えてきました。

まぎれもない春の星です。

いままで、この場所に立っても、空を見上げることをしなかった私です。

星は、淡いまたたきをつづけて、しばらくは、時を忘れさせてくれました。

「お先に」

という優しい声がまたしました。

さっき、星がきれい、と言った人です。どんな人かと目で追いましたが、タクシーは、たちまち走り去ってしまいました。

つぎのタクシーは、ジーンズの青年を乗せて、ドアを閉めました。

その青年も「お先に」と大きな声を、並んでいる人にかけました。

小さな笑い声がたち、私もなにかうれしくなってきました。

それからです。

タクシーの番になった人が、つぎつぎ、申し合せたように、「お先に」と言いました。私も「お先に」と言って車に乗りましたが、それを受けて、後の人も、私に会釈を下さったのでした。

「お先に」という小さい言葉が、どんなに人の心を和ませたことか、まるで、春の星のように……。

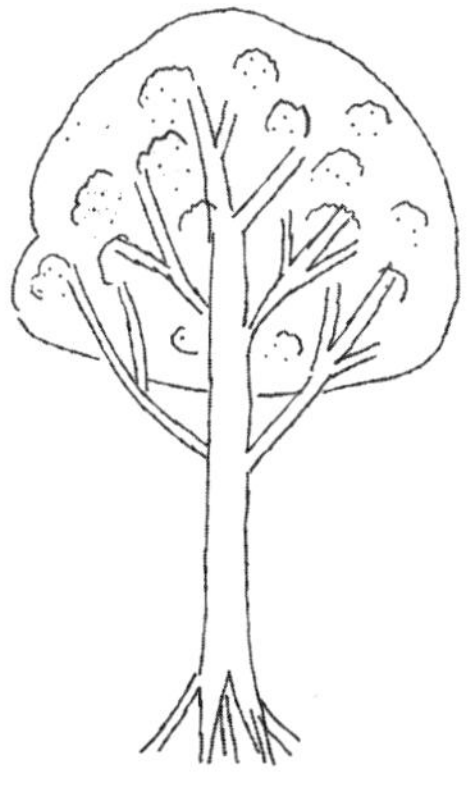

ケヤキの物語

友だちに、新築のお祝いをとどけに出かけました。学生時代にすごした町ですから、迷わず行ける場所なのです。駅から少し歩けば大きなケヤキがあり、そこから間もなくが、たずねる家です。

しかし、行けども行けども、目印のケヤキの木が、ありません。前にくらべてビルもふえ、看板などにかくされたことも考えて、引き返しましたが、まちがいはないようで、また同じ道を歩きました。

確かここにケヤキが、と思ったのですが、そこにあるのは、見覚えのない、モダンな家。するど、家のなかから声がしました。

「もしかして、ケヤキをお探しですか」

「そうです」と答えますと、

「このあたりは、区画整理で道路が拡張され、ケヤキも切られたそうです。私どもは、それも知らずにここに家を建てましたの。どちらをお探しですか、地図がありますからどうぞ」とお玄関の中へ、招いて下さいました。

「ケヤキはずいぶん、人々のお役に立っていたようですね。それを思うと、私どもも、すこしはお役に立ちたくて……」

地図には、ケヤキのあった場所にみどりのクレヨンで印がつけられていて、友人の家もすぐ見当がつきました。

お礼を申し上げて外に出たとき、表札が目に入りました。うつくしい木目の具合いが、どうもケヤキのようです。

「そう、ケヤキです。ここに越して来ましたとき、ご近所の方が下さいました。色あいや堅さから、ケヤキの古さがつたわります」

いま思えば、あの切られたケヤキの木だったのかもしれません。

＊

たどりついて、友だちに、おくれた理由を話しますと、それは、小さいときから、朝に夕に仰いでいたケヤキだったそうです。

それが小さくなっても、表札になっているってうれしい……と、ひとしきりケヤキの話がはずみました。

帰りみち、友だちは私を送りがてら、さっきの表札の家の前を通りました。その名前を見て、知っている方だ、というのです。

偶然、かつていっしょに働いていた同僚の方だとか。さっそく呼び鈴を押して、再会をよろこぶおまけがつきました。

そして、もう一つおまけに、そのどちらの家も、ケヤキを庭に植えたこともわかりました。

あと何年先か、何十年先か、そのケヤキが、このへんの目印になっているのでしょうか。

ケヤキの花の咲くころ、今度はこの二軒の家をおたずねする約束をしてわかれました。

まだ見たことはありませんがケヤキの花は、目立たぬ薄みどりの花だとか。

春のアドバイス

いつ、なにから書きとめたものか、こんなメモがでてきました。帽子のことなのです。

帽子は女性の顔の、最上の友人の一つです。帽子は、色の塊りであり、その分量です。ですからプロポーションが大切です。まず顔との釣りあいですが、全身のかたちとのバランスにも、十二分に気をつけること。

でも、もしあなたが惚れこんでしまい、神秘的な力がはたらいて、何物かをあなたに与え、不思議な力で自分が美しくなった、と感じさせる帽子に出会ったら、ぜひとも、そこから出発なさい。

＊

ちょっぴり。これだけのメモなのですが、頃もよし、ちょうど季節のかわりめ、歯切れのいいアドバイスをありがとう、とあらためておもいました。

帽子をまた、久し振りにかぶりたくなりました。

＊

ネイルカラー

「あら珍しい。ピンクの爪。おしゃれっぽくて……」

さっそく、目ざとい友人にみつかってしまいました。

それまで、わたくしは、爪は自然のままでいいと思って、せいぜい爪専用の粉をつけて磨くだけでした。

ていねいに磨くと、それなりに艶が出てきます。もう何年も、それがわたくしの爪のおしゃれでした。

若い二十代の頃には、それでもナチュラルか淡いピンクのネイルカラーでマニキュアをしたり、たまには専門家に手入れしていただいたこともありましたが、このところ、特別な日以外は、爪のおしゃれは、なおざりにしてきたと思います。

それがあるとき、大げさにいえば〈爪のおしゃれを決心させる〉事件がおきたのです。

＊

仲よしの友だちに、久し振りに会ったとき、なにかとても華やいで、若々しくみえました。

もともときれいな人なのですが、服はグレイや紺のことが多く、目立たないおしゃれ……という感じでした。

それがその日は、とても、華やかで、おしゃれに見えたのです。

「今日はどうしたの」

その人は、楽しそうに、その秘密を明らかにして下さいました。

「この頃、顔色も手も、なんとなく、くすんできたような気がして……、それで、口紅をちゃんとぬって、爪も明るい色を塗ることにしたの。

手って意外に目立って、人前に出すのが恥ずかしいときってあるでしょ。それが、明るいピンクや赤を塗ると、人の目がそちらに行くのよね。

それに、手が、動くアクセサリの役目もするようよ」

という答え。

ほんとに、何年ぶりでしょうか、私もピンクのネイルカラーを塗ってみました。なんだか自分の手がとてもきれいに見え、なんと、気分まで明るくなってきました。

そう、服もちょっとおしゃれしたくなって……。

爪をピンクにしたら、何もかも、とてもたのしくなってきました。

四月の章

花のお皿

ハンガリーで生れた、その、派手すぎるほどのお皿を買う気になったのは、寒い冬の日が、あまりにも長かったからかもしれません。身のまわりに、なにか、パッと赤いものが欲しくなっていたのです。

ふつうの大きなお皿で、白地に、ゼラニュウムの花のような赤と、緑だけで模様がやきつけられています。

どんなふうに使おうか、と考えながら帰ってきました。ちょうど、つやのいい、いちごがありました。紅いいちごを緑のヘタごと洗いあげて、たっぷり盛りました。

派手なお皿に、派手ないちごの山を、夕ごはんのテーブルのまんなかに置きましたら、「まあ、元気いっぱいの感じでいいじゃないの」という声とともに、たちまち売り切れてしまいました。

この頃のいちごは甘いので、洗ったまんまを、ミルクも砂糖もなしに食べました。

うんと派手やかなものが欲しいとき、このお皿に出てもらおうと思っています。

服も休ませて

洋服は、そればかり着ていると、どんなにステキな服でも、自分自身があきてしまいます。

そんなとき、その服を着ないで一、二年しまって、休ませてみます。

そして、出してみると、また新鮮で、新調したような感じで着られるからフシギです。

私はどちらかというと、単純なかたちの、

そして着やすいワンピースやツーピースを着るほうですが、先日、三年ばかり手を通さずにしまっておいた、白とブルーのごばん縞のワンピースをとり出して着てみました。

　お友だちが、「あら、新調なの」といいました。しまっといただけなの、とタネ明かしをして、笑いました。

　また、自分ではあきてしまって、着るのを忘れてしまった服を、お友だちに「あなた、あのブルーと緑のチェックのスーツどうしたの、着ないんならあたしがいただく」などと冗談まじりにいわれて、ハッと気がつき、出して着てみたら、意外に新鮮に見えたというおぼえもあります。

　自分が好きで、似合っていても、流行にはあまりかかわりのない服なら、二、三年しまっておいても、服のほうが私を忘れないでいてくれます。古い友だちのようなものです。

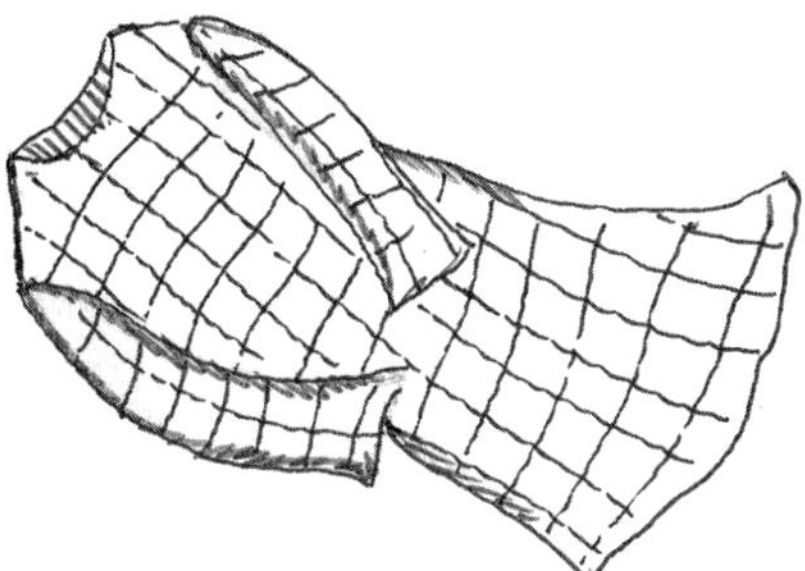

お変りなくて

大阪へ行ったおり、むかしお世話になった方を、おたずねいたしました。

先生はもう、八十代をなかばすぎられましたが、なお本を愛され、その日も書籍のなかにうずまって、研究をつづけておられました。

久し振りのご挨拶に、私は、

「お元気で、なによりでございます」と申しました。すると先生は笑顔のまま、

「私のように年をとったものにとって『お元気でなにより』といわれるのは、この年になると、元気でいるのは珍らしい、というように聞こえるし、ほんとうのところ、そう元気でもない、だから、そういう挨拶は、なにか通り一ぺんの言葉のようにきこえます。年よりには、『お変りなくて』という言葉の方がうれしい。

年よりは、変らないことはないのです。一年一年変っていって、それがハタで思うよりは、ずっと気になっている、ですから『お変りない』といわれるとふっと安心するのですね」と、おだやかに、おっしゃいました。

私は、帰りの車中で、「お変りなくて」とつぶやいてみました。一つ、いい言葉を、新しく知ったような気がしました。

セロ弾く婦人

ローズ色のじゅうたんに、椅子もまたローズ色、パリらしいしゃれた色彩のテアトル・シャンゼリゼを出たときは、久しぶりにきいたナマの音楽に、夜の冷たさも快よく、ふう

っと、空を見あげ、きてよかったとおもいました。

その夜の曲は、ショパンのピアノコンチェルト第一番です。演奏者は盲目の青年でした。

演奏のはじまる寸前に、ピアニストの指が、鍵盤の上をなでて走るのがみえました。ああして鍵の位置をたしかめるのかしら、一瞬の緊張が、こちらにもつたわりました。

ショパンが二十歳の時につくったといわれる曲は、この夜はいっそう澄んできこえました。

一曲がおわって、割れるような拍手、指揮者に手をとられたピアニストが聴衆にむかって、くりかえしくりかえし、おじぎをしています。そのとき、ふとあることに気がつきました。

やはりおなじように、ステージで拍手を送っていた楽団員のなかに、数人の、セロをかかえた老婦人をみたのです。

真白い髪、黒いドレス、一心に手をたたく人、その隣りも、ひとりおいたうしろにも、やはりセロをかかえた老婦人が、若い独奏者に拍手をつづけています。

街を歩いておられたら、お孫さんの一人や二人は、ありそうなおばあちゃまです。それが若い楽団員にまじって、堂々とメンバーの一人であるのです。

ステージをはなれれば、腰をまげて、重そうに楽器をかかえるのかもしれません。

若さあふれた日から、ずっと今日まで、一心にセロを弾きつづけてきた人たち、これからもしわの深い指は、からだのつづく限り、弦を鳴らしつづけることでしょう。

生きるということは、どういうことなのか、白髪のセロを弾く人たちの姿を見ていると、わかってくるような気がしたのでした。

となりの席

そういう日があることを、ふとしたことから知りました。

歩きつかれて入ったみつ豆屋さん。テーブルをかこむのはほとんど女の人ばかり。私も仲間入りして、みつ豆をたのみました。つめたくのどをすべる、久し振りの寒天のおいしさ。

となりの席には、和服の二人連れがすわっておられます。一人は白髪のひと、もう一人は若いかわいい方。このお二人のお話を、きくともなしにきいてしまいました。

「先生」と若いひとは、老婦人をよんでいます。

「それで、式の日取りは、四月四日ということに決まりましたの」

「それはおめでとう、よかったわね」

結婚式のお話のようです。

「でもね、先生、四月四日って、四がふたつ重なって、なんだかいやな気がしますの」

そういえばそうだわ、と私も思いました。折角のおめでたい日が、よりによってシの字が重なる日とは……。

先生がやさしく、

「それは、しあわせね、四月四日は、四合わせ、しあわせの日ともいうのよ、ご存じなかったの」

若いひとは、小さくアッといいました。私も、アッと思いました。娘さんは急に光りでもつかんだように、明るい顔になっていいました。

「そうでしたの、先生ありがとうございました」

やがて、席を立った二人のうしろについて、私も店を出ました。並んだ二人の背中は、春の日ざしであたたかそうでした。

水玉模様の人

ホテルのロビーで、すてきなジャンパースカートの人を、みかけました。

厚手の、白の木綿地でしょうか。２センチぐらいの大きさの黒の水玉模様のジャンパースカートなのです。地は白といっても、真白でなくて、少し麻色に近く、そこにくっきりと黒の水玉でした。

わたくしは、水玉模様の布地なら、たいていブラウスかワンピースにしてしまうところですが、この方はジャンパースカートです。

その下に、茶色といっても、少し赤味の入った茶の、シャツカラーの長袖のブラウスを着ていました。

白に黒の水玉、それに茶色のとり合せは、思いがけないイキなものでした。北欧の人でしょうか、美しい金色の髪に、大きな静かな目。ほりの深い顔立ちでした。

細身で背が高く、なにか忘れられない人でした。

おすそわけ

電話のベルが鳴りました、受話器をとると、近くの親しい友だちからでした。

「お元気でいらっしゃるの」

と、問いかけにつづいて、

「いま、卯の花、そう、おからを久し振りに煮《た》いてみたの、とってもおいしく出来ました。ちょうどそちらに出かける用事がありますので、お玄関までとどけます。召し上って下さい」

＊

とどけられたおからは、にんじんと椎茸が少し大ぶりに、その上に青ねぎが色どりに散らされて、見るからにおいしそうに煮けていました。いただいてみると、甘味もよく、しょう油味もよく、むかしのなつかしい味がしていました。

＊

小さいとき、よく、母に言いつけられて、おすしや、おはぎを、お重に入れて、ご近所にとどけました。持ってゆくと、とてもとても、よろこんでいただいたのをおぼえています。

お隣りからも思いがけぬ一品がとどけられ、その日の食卓がにぎやかになったものです。

いま考えてみると、母たちは何人前などと考えずに、煮ものなど、おいしく煮ける分量を、ゆうゆうと煮いて、多くできたら、おすそわけをして、みなさんによろこんでいただこうと、それが、もう一つのたのしみで煮いているようでした。

そして、そうこうするうちによそさまの味を、学びとっていたのではないでしょうか。

＊

世の中もかわり、こんなやりとりも少なくなってしまいました。このおからのおすそわけがどんな高価なお土産よりも、あたたかくて、おいしかったことでした。

がんばりましょう

「やっぱりまだ、女の運転手って、珍らしいんでしょうか、お客さまにいろいろ聞かれますの」

そういって、にっこりした、やさしい笑顔が、バックミラーにうつりました。

その運転手さんが、いいました。

「この間のことです。お客さまが手をあげていらしたので、とめました。その方は、私が女だとわかるとにっこり笑って下さいました。東京駅までおねがいします、と、はっきりとおっしゃったきり、黙って窓の外を眺めていらっしゃいます。

駅についていて、お代をいただくとき、はじめて『ありがとう、私も仕事をしています。お互いにがんばりましょうね』とおっしゃって、手を振って、さっさっと駅の構内へ歩いていかれました。

私は、なんだか涙が出てしまいました。そして『がんばりましょうね』と、その後姿に、心の中で私も呼びかけました。

お仕事をしていらっしゃる、とおっしゃったその方は、もう六十に手が届くかと思われる、ショートヘアで、黒い半コートのよく似合う方でした。

がんばってね、とか、気をつけてね、とはげまして下さる方は、たくさんいらっしゃいますが、『いっしょに、がんばりましょう』というあの方の言葉は私にも、仲間がたくさんいる、そうおもえて、忘れられない言葉です。

素敵なお客さまでした」

あるお嫁さん

うちの姑は、とてもつよい人でしょ。主人はやさしいのよ、だけど、わたしにだけでなく、母にもやさしいの、若いころはそんなことがシャクにさわってね、わたしは主人をひとりじめにしようとする、姑は大事な息子をとられまいとする、お互いに火花を散らしたものだわ。

子供でも生れてたら、また、ちがった家庭ができたでしょうけれど、三人とも、もうヘトヘトになってしまって、里の両親が見かねて、帰ってくるようにすすめて、主人に談判しに来たくらいだったのよ。でも、わたし、かえってハタからいわれると、だれが帰るものか、なんて頑張っちゃった。

そんなこんなで四、五年たって、主人が珍らしく風邪で寝こんだことがあったの。悪い風邪でたいへんでした。でもお医者さまも余病を併発する心配はないとおっしゃるし、わたしがちゃんと看病しているのに、姑がオロオロしてなにも手につかない有様で、二階で寝ている主人を、何度も何度ものぞきに来るの。

病人を起さないように、そおっと、足音を忍ばせて階段を上ってきて、顔をジーッと心配そうに見つめて、額の上の氷嚢をちょっとさわってみたり、ずり落ちてもいない布団をなでてみたりして、また降りてゆくの、幾度も幾度もなのよ。

その様子を見ているうちに、ハッと気がついたの、姑と主人は〈母子〉なのだって、おかしいでしょ、そんなこと当り前なのに、それまでのわたしは、家は夫婦と夫の母親がいる、と思ってたのよ。

つまり、いままでいう〈ババつき〉だとおもっていたわけ、だけど、そのときさとったの、家には〈夫婦と母子がいるのだ〉と分ったの、

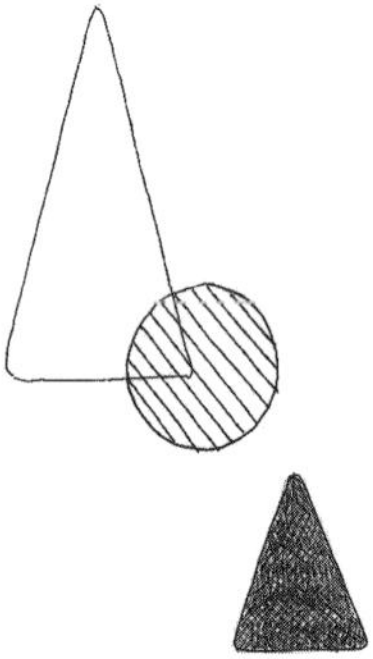

そうなの、三人だけれど、夫婦と母の二対一だけでなくつて、母子とわたしの二対一もあること。当然なんだけれど、そう気がついたら、ながい間のいろんなことが、スーッと消えてしまって、とても明るい気分になったのよ。

それまでの、重苦しい、トゲトゲした気持が、ウソのように消えてしまったわ。

ちょうどそう思ったとき、またのぞきに来た姑が、それまでにないことだけれど、わたしに紅茶をいれてきて下さったの。結婚して以来はじめてだった、本当よ。やはり息子を

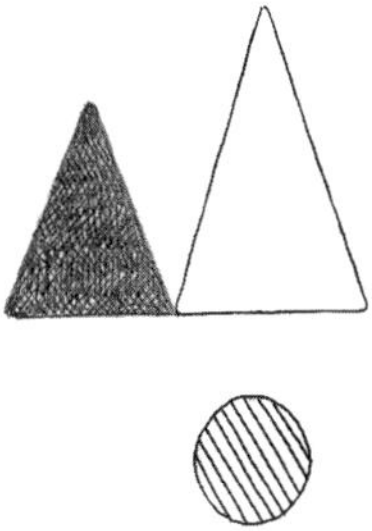

看病しているからと思ったのね。紅茶をのんでからいったの、「お母さん、わたしとても疲れましたからかわって下さいませんか、お願いします」って。姑は大よろこびでイソイソと看病してくれました。

もう、十年以上も前のことですけれど、それ以来、気持がラクになったの。

姑は相変らずやかましいわ。わたしも負けずにやり合うわ。だけど、姑と夫が仲良くしているときは、絶対に割り込まないことにしているの、母子とわたしの、二対一のときだとおもって。

そのかわり、姑一人のこして二人で出かけるときは、夫婦と姑の二対一なのですもの。今では、姑と私二で、夫が一のこともあるんです。

あなたもそういうふうに、お考えになってみたらいかがでしょうか。

おとしは

魚の粕漬を扱うそのお店は、土曜日の夕方で、お客さまが多く、ちょっと混雑していました。若い男の店員さんが、きびきびと客をさばいていきます。

「で、おとしは」

「え、二十一です」

「あのう、お客さまのおとしでなくて、切り落しの数ですが……」

「え、あら、どうしよう、三つ、三つです……」

おもわず声の方を見ていました。若いかわいいその人は、赤くなった頬を両手でおさえています。

おとなりの女の人が笑いました。そのおとなりの男の人も「ふふっ」と笑い、笑いはまたたく間に店内にひろがって、お客も店員も、みんな、「あははっ」と声をたてて笑ってしまいました。

せかせかした夕方の空気が、ほかっとほどけ、みんなあったかい気持になったようでした。

この店では、「切り落し」といって、魚をおろすときにできる端っこや、アラを集めた一包みが好評で、すぐ売れてしまいます。その人は、それを予約していたのでした。

思い出すと、今でも頬がゆるんできます。

タクラミ

学生時代からの仲良し4人が、久しぶりに集まりました。

おいしいものの話から、

「あれはやめられなかったわ。お宅でよくご馳走になった……」とひとりが言い、「そうそう、タクラミね」とみんなでうなずき合いました。

それは、りんごと胡桃の入った素朴なケーキ。昔、わが家に友だちが集まると、よく母が作ってくれました。

天板に直接、種を流し込み、焼き上げては一口大に切って、どっさり出してくれます。しっとりとした生地にりんごの酸味と胡桃の香ばしさがマッチして、一つ食べると二つ三つと手がのびました。

あとをひくお菓子に「これは私達を太らせようとするたくらみのお菓子だわ」ということから「タクラミ」という名がつけられました。

「あの頃は、みんな競争するみたいによく食べたわね」

「レシピをいただいて、うちでもよく作ったのよ」

「りんごがないときは、バナナやキウイを入れてもおいしいの」
　その日はひとしきり「タクラミ」の話に花が咲きました。あの頃の友だちが揃って母のお菓子を懐しみ、作ってくれていることを知ったら、母はどんなに喜ぶことでしょう。
　帰り道、八百屋さんの店先につやつや光る紅玉を見つけて、私も、しばらくぶりで作ることにしました。

＊

　作り方はいたって簡単。小さめの天板（25センチ×22センチ）1枚分の分量です。
　薄力粉百50グラムと重曹茶サジ1/2杯を合わせて、ふるっておきます。紅玉2コは皮をむいて芯をとりイチョウ切り、胡桃30グラムは粗みじんに刻みます。天板には、クッキングペーパーを敷いておきます。
　大きめのボールにサラダオイル百cc、砂糖百グラムを入れて木しゃもじで混ぜ、そこへ小さめの玉子2コをほぐして入れ、よく混ぜ合わせながら粉を加えます。紅玉と胡桃も加えて全体につやが出るまで混ぜ、天板に流し込みます。

百70度に温めたオーブンで二十五分ほど焼き、冷ましてから切ります。

紅玉がないときは、ほかのりんごでもけっこうですが、レモン汁で酸味を補うとおいしくできます。

赤いチューリップ

チューリップが大好きです。

春、色とりどりに、バケツにたっぷり差し込まれて、お花やさんの店先にならんでいるのを見ると、素通りできません。

でも、私の一番好きなのは、昔からおなじみの、ふっくらとした、プレーンなシルエットのタイプです。色は赤。それも、クレヨンをぬったような、濃くてしっかりした赤です。

赤いチューリップには、私の小さな思い出があります。小さいころから、花の絵といえばチューリップばかり描いていたものです。

ある日、祖母の家に遊びにいったときのこと、いっしょに買い物に出た帰り道、通りかかったお花屋さんに、とてもかわいい、真っ赤なチューリップがあるのを見て、ほしくなってしまいました。

ほしい、とおねだりしたら、祖母は、開きはじめの新しい花を、一本えらんでくれました。

その日の午後、私はずっと花のそばで遊んでいたようです。それが、帰るとき持って帰るのを忘れてしまったのです。気がついたときはもう電車の中。悲しくなって、家に着いてからもしばらく泣いていました。

それから二、三カ月たって、また祖母の家に行きました。するとあの赤いチューリップが、まだきれいに咲いていました。

とてもうれしくなって、「おばあちゃん、まだとっておいてくれたのね」と、飛びはねて喜んだのをおぼえています。

もちろん、それは前のと同じ花ではないのです。でもその頃の私には、祖母の気遣いが見抜けません。

ただただ、チューリップが無事に、元気でいたことに感激して、祖母や両親のやさしいウソには、気がつきませんでした。

あれから、もう何十年たったでしょう、チューリップが、あちら、こちらで、可愛らしい姿を見せはじめると、私は、こんなことを、なつかしく思い出すのです。

コーヒーの木

「いつも、おいしいコーヒーをごちそうになるお礼に……」

若いお友だちが、きれいなリボンで結んだセロファン包みをうやうやしく差し出しました。

「まあ、なんでしょう」

セロファンをすかしてみると小さい鉢植のようです。

リボンをといて、そーっと、あけてみました。鉢ではなくてガラスの小びんです。ちょうど手のひらにのるほどの広口のびんから、可愛い葉っぱがついた草が、一本生えています。

生えているというのはヘンですが、どうみても、そんな感じです。

びんの中ほどまで水が入っていて、底一面に、ブルーのあらい砂の粒が沈んでいます。まるでトルコ石とラピス・ラズリを砕いたような、あざやかに美しい粒です。

水の中には、うす茶色の根がひろがってい て、びんの口をすっぽりとフタをしているスポンジのまんなかから、五センチほどの茎がのびて、楕円形のグリーンの葉が四枚ついています。

「水栽培なのね、なんの花かしら」

首をかしげますと、

「これはコーヒーの木です」

びっくりして見直しました。こんなに可愛いコーヒーの木があるなんて、はじめて知りました。

あれから二年たちましたが、びんのコーヒーの木は健在で、すこしずつ成長しています。

水を切らさないようにしているだけなのに、丈も二倍になって、葉の数も、ふえました。色がわるくなった葉をつみとっても、あとからあとから、新しい緑の葉が出てきます。

場所をとらないので、食堂のテーブルにのせたり、食器棚の出っぱりにのせたり、いつも、目につくところにおいてあります。心が沈んだような日でも、けなげに生きているコーヒーの木が目に入ると、なんだか、はげまされているようで、元気がわいてきます。

たいていの方がコーヒーの木をご存じないので、いつも、たのしい話題になります。

「うちでもやってみたいわ、コーヒーの豆を一粒入れておくと、芽がでるのでしょう」

「さあ、妙った豆ではダメじゃないかしら、生のでないと」

「いまに、ジャックの豆の木みたいにどんどん伸びて、コーヒーの豆がなりますよ、その豆をひいてコーヒーをいれてください」

若い友だちのプレゼント、ほんとうに、ステキなものをいただいたと思います。

おしのぎ箱

銀座で久し振りに友だちと会って、老舗の和菓子屋さんでお抹茶を頂きながら、おしゃべりタイムをすごしました。

帰りがけ、友だちはバッグから小さな四角い入れ物を出して、「これに黄味しぐれを一つ入れていただけますか」と頼みました。店員さんは、「かしこまりました」とケースから一つ取り出し、入れ物におさめて、友だちにわたしました。

「いまから老人施設にいる母にとどけようと思って……。和菓子を一つだけ包んでもらうのは、とても気がひけて、言い出しにくかったんですけど、この箱をバッグに入れておくようになってから、気がらくになったんです」

友だちは、なんでもないプラスチックの箱を花柄の茶巾袋に納めて、バッグに入れました。「おしのぎ箱セット」と名づけて、いつも持っているそうです。

実はこの箱は、もともとはお母さまに和菓子を一つ買って持ってゆくのに思い付いたものでしたが、だんだんと、出番がふえてきているそうです。

「洋菓子よりも、どちらかといえば、あんのお菓子がほしい年になりました。でも、たくさんは食べられないし、この箱があると、一つ買いできて重宝なの」

外出先で食事をしたとき、食べきれない、さりとて残すのももったいない、とそんなときに、ほんの一口だけれど、おしのぎ箱にいれて持ち帰る、たとえば玉子焼を一切れ入れてきて、鍋焼きうどんにのせたり、天ぷらを入れてきておそばにそえたり……。

お店のひとに頼むほどではないものを、ちょっと頂いて帰るのに、ぴったりの箱です。

いい事を教えていただきました。私も早速、軽くて小さいおしのぎ箱をバッグにおさめました。袋はまだできていません。

長い手紙と短い手紙

古い日記帳の附録の頁で岸田理生《きしだりお》さんの「長い手紙と短い手紙」という詩を読んだとき、そうなのよ、と思わず言ってしまいました。

一番短い手紙
さよなら
一番長い手紙
なぜ
一番やさしい手紙

遊びにおいで
一番かなしい手紙
帰ってくれ
一番こわい手紙
なくなりました
一番楽しい手紙
ごちそうしてあげる
一番いやな手紙
期限までに納めること
一番嬉しい手紙
明日帰る
一番びっくりする手紙
あなたの詩が当選しました
一番かっこ悪い手紙
住所間違っていました
そして一番書きたい手紙
愛しています

何千キロもはなれた海の向こうの人とだって、インターネットやファックスで、たちどころに連絡ができる便利な時代になりました。でも、白い封筒の中から出てきた、きれいな便箋に書いてある文章を読む気分はまた格別です。

やさしい手紙や楽しい手紙をいただくために、まずこちらから、こまめにお手紙を出そうと思いました。

フルーツのグラタン

甘味も酸味も、たっぷりと含んだフルーツは、なんといっても生でいただくのが、そのもの本来の味わいがあっておいしいのですが、火を通すことで、また生とは違う新しい味を発見することがあります。

フルーツグラタンも、そんな一皿でしょうか。

フルーツは、今の季節ならいちごやブルーベリー、もう少したったらさくらんぼもいいでしょう。

柑橘のオレンジやグレープフルーツも、グラタンにするとなかなかおいしいものです。もちろん缶詰のダークチェリーや洋梨なども、いいものです。

好みのものをグラタン皿に平らにならべたら、上からミルクと玉子のクリームでおおいます。そのクリームの作り方はこうです。

あればサワークリームを使うと、酸味とコクが出ます。ボールにサワークリームを百グラムと、生クリームを大サジ3、4杯、それにグラニュー糖大サジ3杯くらい入れて、泡立て器で、均一によくまぜます。

ここに玉子1コと黄味2コを、よくほぐしてから混ぜ込みます。それとぜひバニラビーンズを。やはり香りがずっと豊かです。

バニラ棒の真ん中にタテに切れ目をいれ、中の細かい豆を庖丁でしごくようにしてこそげとって、クリームのなかにまぜいれます。

グラタン皿の大きさにもよりますが、これで四人分くらいでしょうか。

このクリームをフルーツの上からかけ、オーブンにいれて焼きます。温度は百80度くらい。時間は二十分ほど。オーブンから出したら、ちょっと冷まして粉砂糖をかけます。

温かいままでも、冷たくしても、お好みでどうぞ。

五月の章

お礼状を絵はがきで

いただきものへのお礼状は、出そうと思いながら、つい遅くなりがちです。そこで、小さな工夫をしています。

きれいな絵はがきを手元に備えておくのです。チャンスがあるごとに、絵はがきを買ってストック。

美術館や、景色のきれいな土地はもちろん、伊東屋のような専門の文房具店に行ったときは、愛らしいのや、しゃれた大人っぽいのや、いろいろ買い溜めしておきます。

ところが、ついついその絵はがきがもったいなくて、

「これは取っておきたいわ」

ということになり、お礼状を出しそびれる……。

でも、とうとう、いい解決法を見つけて数年になります。外国製の絵はがきのブックレット（冊子に綴じたもので、たいてい20枚から30枚が1冊）を買っておきます。美術館や画材店などでよく売っているし、外国のホテルにもあります。日本の観光地の絵はがきの5枚組み10枚組みよりしゃれていて、値段も安いのがうれしいのです。

同じテーマで1冊になっているのが特徴です。テディベアや猫のテーマ、ギリシャの家というテーマ、プロヴァンスというのもあるし、画家でゴッホ、マネ、マチスなんていうのも。有名な写真家のモノクロの絵はがきもすてきです。

いい点は、一つのテーマなので、似た図柄がたくさんはいっているから、惜しがらずにどんどん使えること。絵はがき大好き人間へ心理的な安心感をあたえてくれます。

外国で買えば10ドル前後、日本だと千円のもあるし、それより安いのもあります。

郵便局に行ったら、図柄のきれいな50円切手を買っておくのも、コツのひとつです。

カーネーション

五月九日は、母の日でした。買いものに出た帰り、バスに乗っていますと、うしろの席の話し声がふと、耳に入りました。

「カーネーションって、毎年高くなるような気がしない」

「高くっても、母の日だから買うじゃないの、だから高くしてんのよね」

十歳ぐらいの女の子のようですが、すっかり考え込んでいるような声でした。きっとお小遣をはたいて買ってきたのでしょう、二人とも赤いのを三本ずつ大事そうに持っていました。

次の停留所で、二人は元気のいい足どりで、おりてゆきました。まだ小さいのに、母の日には必ず高くなるカーネーションのからくりに、ちゃんと気がついているのです。

＊

母の日にカーネーションを買うのは、こういう子どもたちです。そして、「お母さんアリガト」と、カーネーションをさし出す。その日だけは、とくに割高になるカーネーションの秘密も、子どもは、いっしょに買いこむのです。

そのことを、私は、今まで考えたことがあったでしょうか。子どもたちがお母さんにあげたいカーネーションなら、母の日だけはいつもより安くなってもいいのではないでしょうか。この日は、市場にカーネーションがなくなるくらいよく売れるのです。

いつのころから、「売れるものが高くなる」ということになったのでしょうか。母の日のカーネーションだけではありません。私たちは、いろんな経験をしています。

でも、小さい子どもたちが参加する母の日だけは、なんとか高くならないように出来ないものでしょうか。

「高くっても買うじゃない、だからよね」

といったあの少女の口調は、びっくりするほど、深刻なひびきを宿していました。

こんなふうにして、子どもたちに小さいうちから、世の中ってどうしようもないほどへんなのね、と見切りをつけさせてしまう、それが母の日のカーネーションだけに、なにか割り切れないものを感じて悲しくなってしまいました。

リラのトンネル

五月も終りにちかい土曜日、パリから汽車で一時間ほどのシャルトルという町にいくことにしました。

うれしいことに、パリを出た汽車は、十分も走ると、もう田舎です。ふだん、街の真中に暮らして、町中での五月の季節は感じてはいましたが、窓から見るみどりの美しさは、またひとしおでした。

きらきら光を受けた若葉のみどりはどこまでもつづき、ときには窓すれすれに、息苦しいほどに迫ってきます。

急に線路の両わきが少し高くなって、崖が汽車の窓を暗くした、そのときでした。あふれるような紫色が、窓をおおいました。満開のリラの花だったのです。

リラは蕾のときは赤いワイン色をおびた紫ですが、開くと藤むらさきにかわります。小さな金米糖みたいな花がびっしりよって房をつくり、みどりの葉を背に咲きます。

咲いた花を、見ていると、きらっきらっと、空にまたたく星をおもわせるのは、きっと、とがった、花弁の形のせいでしょう。

一瞬すぎた窓にみえたリラは赤い紫から藤むらさきに、濃淡美しくあふれ咲いていました。

＊

シャルトルには、パリのノートルダムと並び称される寺院があります。ここで知られているのは、華麗をきわめた建物もそうですが、その壁面をかざるステンドグラスです。その赤や、黄や、みどりの中に、ひときわ鮮かに光を透かすブルー。

シャルトル・ブルーの名で呼ばれる、この濃い鮮烈なブルーは、あとにも先きにも、この寺院のステンドグラスにあるだけで、その後、どう試みても、そっくり同じ色をつくり出すことができないそうです。

自然のつくった、紫のリラの窓、人の手が苦心の末に生み出した、シャルトル・ブルーのステンドグラス、いまも忘れることができません。

おもてなし

人をおまねきするとき、おいしいごちそうの準備はもちろんですが、それ以外に、とても大切な、気持のおもてなしがあるということを知ったのは、ニューヨークで、あるお家の夕食に招かれたときのことでした。

友達のパートナーとして招かれたので、当日のお客さまは、ぜんぜん面識のない人ばかりらしく、その中に入ってゆくことをおもうと、出かける前には、少しばかりゆううつでした。

ところが、何となく気おくれして、のそのそと友達のあとからついて行った私にむかって、その家の人は、玄関でいきなり私の名前をハッキリ呼んで「さあ、よくいらしてくださいました」と、旧知の人のように迎えて下さいました。

それればかりか、家族の人も私の名を呼んで「本当にお目にかかれてうれしい」と、くちぐちに言って下さるではありませんか。

私は、戸まどってしまいました、なかなか人の名前をおぼえるのは大変なことです。まして、はじめて伺った、しかも外国人の私の名前を、この家族はちゃんとおぼえていてくれたのです。

食事が進むにつれて、誰かに聞いておかれたとみえ、私の仕事に関わりのある話題が飛び出し、いつの間にか、私はその仲間にすっかり入りこんでしまっていました。

たのしい会話は最上のごちそうと申します。こういった心遣いは、山海の珍味より、パーティでは、もっと大切なことだ、としみじみ思いました。

＊

もう一つ、最近おなじようなことがありました。これは日本での話ですが、大使館にお勤めの方からお昼のお招きをうけ、その時刻に間にあうように、お住いのアパートにおうかがいしました。

はじめてのところなので、地図の紙きれを片手に、エレベーターをおりました。左手に少し行くと、部屋の番号が六一四、六一五とつづき、ではつぎのお部屋だな、と思って、そのドアの前に立つか、立たないかに、ドアが静かに開いて、「ようこそ」と、招いて下さった方が、そこに立っていらっしゃいました。たったそれだけのことでしたけれど、こんな素晴しいおもてなしは、はじめてでした。

お招きを受けて、お訪ねしても、呼鈴を何回もならし、それから玄関の鍵をあけ、という日本の家のしきたりが、いかに野暮ったく、ときには冷たい印象を人に与えるかが、よく、わかりました。

いくら不用心な世の中だといっても、人をお招きした時間ぐらい、玄関の鍵はあらかじめはずしておく、ぐらいのことは、しておかなければ、と思っています。

風の音

さっきまで聞こえていた子どもたちの遊び声も、しずまりました。部屋のテレビもラジオも消してあります。煮立っているやかんは火をとめました。いまはなにも、音の立つものはありません。

午後の紅茶を入れましょう。紅茶のカンをあけて、スプーンでポットに。そこへお湯をさしました。ほとほととしたたる熱いお湯。

少しゆすってやると、ポットのなかに小さな波の音。こはく色に出たのを、紅茶茶碗に注ぎます。これもまたかすかな音。

いつも大急ぎで入れていた紅茶でしたが、きょうはいろんな音を聞きました。まわりが、いつになくひっそりと静かだったからでしょう。

熱いお茶に、お砂糖がシュッといってとけてゆきました。ミルクを入れて、それをいただきながら、あたりのもの音に耳をかたむけました。

あれは、出船の合図でしょうか、にぶい汽笛がひびき、信号が変ったのか、自動車のエンジンの音が一斉にきこえます。

ふと、あらゆる音が消えるときがあります。そしてまたカーテンをゆするかすかな風の音、小鳥のおずおずした鳴き声。もの音と静寂がかわるがわる……音が明滅するようです。

自然の音、生活の音、機械の出す音、人の立てる音。

＊

テレビもラジオも消したきょうの午後のお茶は、静かで、久しぶりに風の音まできくことができました。

小さい挨拶

ある日曜日の午後。

出がけに電話がかかってきたりで、お友だちとの待ち合わせの時間が、ぎりぎりになってしまいました。

急ぐので、いつもならバスで行くところを、タクシーにのりました。

行く途中に、一方通行の細い道があります。駅への近道なので、車の通りは、かなり多く、じゅずつなぎで進みません。

やっと動いたかと思うと、若い女の人が、前をゆく空車に手をあげました。それで私の車もまたとまりました。

　タクシーのドアがあくと、女の人は、後の私たちの車に手を上げ、ちょっと頭をさげて、すばやく乗り込みました。

「こんでいるときに、車をとめてごめんなさい」というご挨拶だったのでしょう。

「ああいう人は珍らしいね、あんなふうに挨拶されると、車を止められても、イヤな気がしないね……」

　私の車の運転手さんが、ひとりごとのようにいいました。

　ほんとうに……。

　じつは私も、急いでいたので止められた瞬間、あ……と思ったのですけれど、この方の小さい挨拶に、嬉しくなりました。

前衛画家と縮《ちぢみ》

　雪のなかで糸をつくり、雪のなかで織り、雪の水に洗い、雪の上に晒す。績《う》み始めてから、織り終るまで、すべては雪のなかであった。雪ありて縮あり、雪は縮の親というべし……。

　川端康成の『雪国』の一節を英訳で読んだ、友人の前衛画家ジャスパー・ジョーンズが、その美しさに感動して、この小千《をぢ》谷縮《やちぢみ》が今でも織られているものか、いまでも手に入るものか、手に入るのなら、ぜひ送って欲しいと手紙に書いてきたのは、去年の秋のことでした。

　白い家に住み、白い壁、白いじゅうたん、白い家具、白の好きなジャスパーが、雪にさらされて、雪の中で生れた白い縮に心をうばわれたことが、わかるような気がしました。

それで早速、あちらこちらに問い合せ、やっと雪の季節を待って手に入れた一反の麻の縮が、海を渡ってニューヨークのジョーンズ氏のもとにとどいたのはクリスマスのあとでした。

彼からのお礼の手紙は、まさに一篇の詩のようでした。「すばらしい白い縮、その白い艶、その肌ざわり、こんなみごとなワイシャツは、今まで着たことがありません……」と書いてありました。

彼は、この縮を、ワイシャツに仕立てて着たらしいのです。

最近、ヨーロッパでも、クレープのワイシャツが流行のようですが、とてもぜいたくなものとされています。

小千谷縮といえば、昔から、夏の着物か長じゅばん、母や祖母の着るもの、そんな特別な感じをいだいていましたが、このジャスパーの白いワイシャツには、かえっていろんなことを教えられました。

さっそく、私も、この夏は白い小千谷縮でシャツブラウスやワンピースを作って着てみようか、と、いまからその季節をまっています。

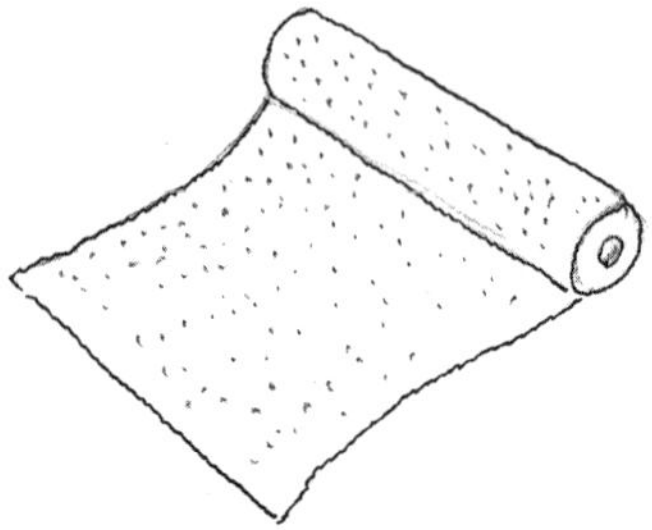

働くことはよいことだ

「おばちゃま、ご本ありがとう。とっても、おもしろかった。それでね、レナ、もっとママのお手伝いをしなくちゃって、思った。これからまいにちお手伝いするわ」

「ふうん、いいこと思ったわね。けど、どうして」

「だって、あのご本の中で、子どももみんな、働いてるんですもの」

小学生の姪に、その本を送ってから一週間後の電話です。

その本は、カナダの開拓時代のことを書いた本で、私が最初に読んでとても心を打たれて、ちいさなお喋り友だちのレナに送ってみたのでした。

この本には、「ホームメイド」という言葉がさかんに出てきます。この言葉には、なにか懐しい、あったかいひびきがありますが、開拓時代の人達にとって「ホームメイド」は暮らしそのものだったようです。

一八四〇年、この本の主役であるロバートソン家の人たちは、カナダの森林地帯に住みはじめました。

知らない土地で森を切りひらき、家を建て、暮らしに必要なものすべてを、自分たちで作りながらの生活でした。

子どもたちも、「日のあるうちに乾し草をつくるのがよい」と小さいうちから教えられ、大人といっしょに働いたのです。

そんなきびしい暮らしでも、楽しいこともたくさんありました。森の中でメイプルシュガーを作ったり、蜂蜜を探しに出かけたり、子羊が生まれて大喜びしたり、収穫したとうもろこしの皮むきパーティをしたり、毎日働いていればこそ、季節、季節の行事に心をおどらせたのでしょう。

働くことはよいことだ、日々の暮らしをみんなで楽しむのはすてきなことだ、とこの本は教えてくれているようです。

ひとつ、驚いたことがあります。それは、当時の人たちが、手紙を受けとるのにお金を払わなくてはいけなかった、と知ったこと。

一通を受け取るのに、二シリング八ペンス払ったと書いてあります。これは、熟練した技術をもつ労働者が一日にかせぐお金に匹敵したそうです。

思えば、今のわたくし達は、なんとめぐまれた便利な暮らしをしているのでしょう。でも、そのありがたさを、つい忘れているような気がします。

おしゃれして

「父が入院しているものですから、毎日なにか食べられるものを見つくろって、午後は病院通い、もう、くたびれてしまって……」

久し振りに会った友だちに私は、つい、ぼやいてしまいました。

すると友だちは、

「それはたいへん、おつかれでしょう、でも、それは、娘のあなたの大事な仕事と考えなければ……。誰でもしていることよ……。いいこと、教えてあげましょうか」

ご両親の入院生活に三年間つきあって、すでにお二人とも亡くされたその友だちは、

「病院には、おしゃれして行ってあげてね」

と私に言いました。

「おしゃれを」

ときき返しますと、

「そう、それが大切なお見舞なのよ。ぜひそうして」

というのです。

入院生活を送っている親にとって、娘や家族の人たちが、くたびれた顔や姿をしているのを見るのは、とてもつらいこと、そして病人の目を少しでも楽しませてあげるためにも、毎日おなじかっこうではなくて、

「おや、今日は」

と思わせてあげることもお見舞のうちなの、と教えて下さいました。

そう言われてみれば、思いあたることが、ないではありません。

外出からまわって病院へ行った日には、父はさっそく、

「今日は何かあったの」

と聞きました。いつもより私がきれいに見えたのでしょう。

おしゃれして……というアドバイスを受けてから、病院に出掛けるときは、今日は何を着ていこうか、と少し気を遣うようになりました。

病室に入ると、父は、心なしか、いままでより、私のことを見つめているように思えます。でも明治生れの人ですから、口に出しては何も言いません。

また、ふしぎなことに、いままでは「これから病院」と考えると気が重かったのですが、なにか父をよろこばせたい、そんな思いも手伝って、私の気分も明るくなりました。

今日は、初夏の感じをどうやって着てみようかしら、父はどんな顔をするかしら、病院に行くことが、楽しくなってきました。

お見舞には、ちょっとおしゃれをして……いいお話を、うかがいました。

サラダ・デ・ココ

空も瑠璃色、海も瑠璃色のモナコへ旅をしました。

棕櫚《しゅろ》の並木にシクラメンの花園、白、ピンク、緋の色。満開のミモザの黄色。もう目の先はイタリアなのです。南アルプスが地中海におちるその足もと、フランス領にかこまれた細い帯のような、海ぞいの、この愛らしい国。

フランスの女流作家コレット女史は、〈モナコの国境にあるのは、ただ花だけ〉と申しました。

そんなモナコの小さなレストランで〈サラダ・デ・ココ〉、メニューのかわいい名前につられて注文したココとは、ココナッツかとおもっていたら、白いんげん、うずら豆ほどの大きなお豆の、ニックネームでした。

ベージュ色の、深くて大きいどんぶりに、木のフォークとスプーンをそえて出された、たっぷりの豆サラダ。

ほんのりと、ぶどう酒色をおびた白いんげんは、やさしい味で、舌の上でとけてゆくようでした。

「いかがですか」

と、のぞき込むようにきくこの店の人に、

「最上のお味でした」

と答えました。

＊

旅にでると、言葉もちがう、お金もちがう、車のスピードも道のはばも、足もとのかたさ一つとってもちがいますから、緊張がつづきます。

こんなとき、なにがうれしいといって、やっぱり、おもいがけず、おいしい食べものに出会ったときです。

ところで、いつものクセで、ついたずねました。

「このお豆には、白ぶどう酒が入っているのですか」

給仕のセーターの青年にきいたら、奥のキッチンでじゃがいもをむいていた、おかみさんが出てきて、こう説明してくれました。

白いんげんを、一晩水につけてから、たっぷりの水で気ながく煮ます。煮あがったら、冷めるのをまって、ドレッシングで和えるのです。

お豆をつぶさないように、ふりかけるように、まぜてやります。ドレッシングは、なにも特別のことはしませんよ。お酢と油と、塩とカラシ少々と、玉ねぎのすりおろしたのをまぜ、あとは、色どりに、きざみパセリをかけるだけ。

「それだけなのですか」

って、私はききました。そうなのです。これなら、日本でもやっていたサラダドレッシングと、材料はたいしてかわらないわけです。

なぜお豆に、うっすらと色がついていたのか、考えたら、お酢が、ぶどう酒のすっぱくなったのを使っていたことに気がつきました。

たっぷりあったので、残したのがおしく、おどんぶりごと、ホテルに持ってかえりたい、といったら、店じゅう、大笑いになりました。

さいごに、

「これ、モナコのサラダですか」と、たずねましたら、

「ノ・メゾン（うちのよ）」

と、誇らしげな答えがありました。

＊

いま、思い出してみると、お酢も油も、塩もカラシも、玉ねぎも、どれも、白いんげんの味をひき立てる脇役で、かくし味という程

度に、ひかえめな味にして、そして、これを、すっかり豆がすいこんでいました。

白いアジサイ

夕暮れの町には、まだ薄明りがただよって、日が長くなってきたことを感じさせます。

花屋さんの店先きが、あたりの仄《ほの》明りをそこに集めたかのようにパッとはなやかで、思わず足をとめました。

みると、西洋アジサイの鉢植が、みごとなピンクや青の花をいくつも重たげにつけて、並べられています。わけても光るようなのは真白いアジサイです。白が、葉の濃い緑に映えて、ほかのどの色よりも、美しくみえます。

子供の頃にいた家の庭には、藍色のアジサイがたくさんあって、雨の日に縁側から、この花をよく眺めたものです。アジサイは紫陽花と書きますが、青から紫に微妙に色がわりしてゆく花に、この文字は、いかにも似つかわしいと思います。

でもその庭には、白いアジサイはありませんでした。

＊

去年、この季節に、フランス人のお宅にうかがうことがあって、思いついて、一鉢の白いアジサイを買って、持ってゆきました。

飾り気の少ない、広い居間の一隅のサイドテーブルの上に、その鉢はおかれました。スタンドの明りを上から受けて、アジサイは、輝くばかりに白く美しく見えました。おいとまの際に思わずふり返って、別れを惜しんだほどです。

あの花は、いまどうなっているのでしょう

か。広い庭におろされて根づいたでしょうか。

　またアジサイの季節です。あちらこちらの垣根から、こぼれるように咲く青紫の花に足を止めるうち、雨がやってきます。

大分からのお客さま

　山椒の実が出はじめると、ジャコとのあっさり煮をよくつくります。先だっての休日、デパートの地下で山椒の実を二パック買い、さっそく準備にかかりました。

　ていねいに実を選り分けてゆきます。ふと気がつくと、実のなかに、小さな半透明の固まりがあります。ゴミかしら、と見ていると、オヤ、ほんの少し動きました。なんと、ちっちゃなちっちゃなカタツムリだったのです。

　この山椒の実は「大分産」。大分から東京まで山椒といっしょに、はるばるやってきたカタツムリのお客さま。何を召し上がるか分かりませんが、そっとつまんで、庭のアジサイの葉に乗せました。

　翌朝、カタツムリの姿は、もうありませんでした。どこへ散歩に行ったのでしょう。住み心地のよい東京でありますようにと、祈っています。

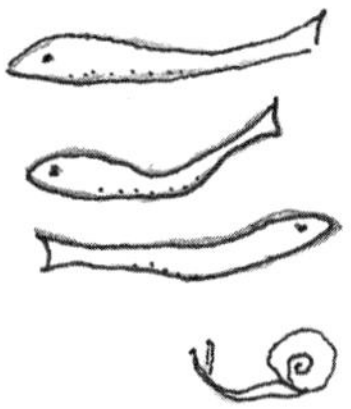

落ちつかない日

妙に、気持が落ちつかず、なにをしても中途半端、立ったりすわったり、お茶をのんだり、ぼんやりしたり、まとまったことが一つも出来ずに、すぎてしまう、という日があります。

前ぶれもなく、そういう日がやってきて、防ぎようもありません。

編み物にも手を出すのがおっくう、本を開いても、まだダメ。音楽を聞こうと思っても、好きなレコードをさがすのが、もどかしい。最悪の日です。

年のせいかしら、あきらめたほうがいいかしら、とおもったり、自分をむち打って、むりやりにでも落ち着かせるべきか、と思ったり……。

でも、結局は、疲れているのでしょう。

このあいだ、ふだん着のまま美容院に行って、髪を洗ってもらい、セットをしました。いつのまにか、落ちついて、なんともなくなりました。

あるときは、二時間ほど、お昼寝をしてみました。目がさめたら、急に、なにかしたくなって、すっかり気持があらたまりました。

あるときは散歩に出ました。木の多い方へ、えらんで歩きました。そして、大きな木の下から、木の梢をみていました。

無数の青葉に、陽がサンサンとふりそそいで、下から、それをみていると、逆光に葉がすけて、それはそれは美しく、そのみどりにみとれて、すっかり気分がなおりました。

あなたなら、こんなとき、いったいどうなさるでしょうか。

高山寺《こうざんじ》の茶店

「ちょっとそれ、こちらに、かしとくなはれ」

と、茶店のご主人から、声がかかりました。

茶店といっても、ここは京都栂尾《とがのお》の高山寺下、清滝川《きよたきがわ》にはり出した、なかなか風流な食事どころです。おそいお昼をすませて、出るところでした。

その日、私たちは、バスで周山《しゅうざん》街道をゆき、奥の常照皇寺《じょうしょうこうじ》をたずねての帰り、田や畑にかこまれたバス停のわきの、小さな無人スタンドで、一袋百円のさやえんどうを買い、もち歩いていたのです。

そのポリ袋に入ったえんどうを目ざとく見つけたご主人が、

「あ、そんなことしてたら、えんどうがかわいそうや」

と声をかけてくれたのです。

ご主人は、お土産用の紙の袋をもってきて、えんどうをそれに入れかえ、ティッシュペーパーを水でぬらして、えんどうにかぶせました。

「ポリ袋では、えんどうが、むれてしまう、これやったら、息ができるさかい、東京まで行っても大丈夫ですわ」

といいながら、それをさっきのポリ袋の中に入れて、

「こうしておけば、ほかのもんがぬれたりしません」

私たちは、ご主人のすることに「まあー」というばかり。いかつい顔で不愛想な、ちょっとこわいおじさんにみえたのに、えんどう豆をやさしげに扱う手ぎわに、びっくりしたのです。

言われた通り、ポリ袋の口はしめずに、気をつけてもち帰りました。帰っても、えんど

うは買ったときの生気そのままで、おそい夕食にと作った、えんどう豆の玉子とじのおいしかったこと。

旅さきで、こんな買いものをしてもち帰るときは、この方法が一番です。いいことを、教えていただいた旅でした。

白い花

綾織りの、ノリのよくきいた艶やかな、純白のテーブルクロスのかかったダイニングテーブルのまんなかに、白いライラックの小枝が、ふわっ、ふわっとしたやさしい形に、生けられていました。

花をさしてある器も、ピカピカにみがかれた足高のワイングラスで、それが、たいそう花に似合っているのでした。

そして白い花と、こまやかな小枝の影、ガラス器のやわらかな影が、あかるい影をつくって白い布にうつっているのが、声に出したいほどきれいで、そのあたり一面が、かがやかしい雰囲気に、つつまれているのでした。

白い花って、こんなにも花やかでさわやかなものだったのかしら、とおどろきました。

白い花を、私も生けてみよう、と思いました。

白いバラ、こでまり、雪柳、ストック、マーガレット、大根の花、考えてみれば、初夏から夏にかけて、白い花の多いことにも、気がつきました。

いのちのある花を切りとっても、花のいのちを、こんなふうに創りかえられるのであれば、花を切りとるという、私たちのこころないしわざも、あるいはゆるされるのかもしれない、などと、お台所でお茶の支度をなさっていらっしゃる物音をききながら、そんなことも考えてしまいました。

サマータイム

もうずっと前に、日本でもサマータイムがありました。

夏の間、国じゅうの時計を一時間進めることで、日の長い季節を有効につかう、というアイデアでした。

サマータイムがはじまると、自然に一時間はやく起きるのですが、朝の七時が本当は六時なので、なれると、そのすがすがしさ、涼しさは、忘れられません。

このあいだ雑談しているうちに、朝、何時に起きるか、ということになって、「朝、みんなより一時間はやく起きて、編み物をするの……。一時間でも、いつの間にかセーターが出来上がるの」

「私は、みんなが起きてくる前にゆっくりお茶をのんで、新聞を見たり、バルコニーの植木をいじったり、ときには、ハガキを書いたり、朝の一時間は、すてき……」

そんなことを聞いてから、私も、むかしのサマータイムの朝のすがすがしさを、思い出しました。

これからは、どんどん夜明けが早くなって、朝が気持ちのよい季節になってきます。

とりあえず、こんどの土曜日から、思い切って一時間、目覚し時計を早めて、早く起きてみましょう。お休みの日なら、ほかの人に迷惑をかけないですみます。

私だけのサマータイム、それに気がついて、いま、とてもうれしくなっているところです。

緑のブーケ

パセリのことなのです。

そうです。緑のパセリのことなのです。

サラダに散らしたり、軸のところをスープに入れたり、きざんでチャーハンに混ぜこんだり……。

夫婦ふたりで仕切っている、近所の小さな肉屋さん。

でっぷりふとって誠実そのもののおじさんと、働きもので、気くばりのおばさんのカップルでした。お二人が、とうとう隠退したあとに、四角い顔のヒゲのおじさんが、ひとりで店をさばいています。

新店主は口数が少ないので、去っていったお二人への思いもあり、なんだか馴じみにくくて、別の店へいったりしていました。

二か月くらいたったでしょうか。でも、その夕方は、新しいおじさんの店へいきました。

おじさんは、ニコリともせず、肉を切ったり、目方を計ったり、そして包みが渡されて、お金を払い、ふとみると緑のパセリです。

アルミホイルに茎の長いパセリが無造作に積まれて、お好きなだけ、どうぞ……と、そんなふうです。

「いただいても、いいの」

「どうぞ」

「ありがとう、助かりました」

無口の仏頂面のおじさんの顔がほころびました。おつき合いの糸口が、ひらけました。

パセリをたくさんもらって、店を出ました。

夕方の町に、それは緑のブーケのようでした。

六月の章

頭のマッサージ

推理小説を読むようになったきっかけは、なんだったのでしょうか。

イギリスでは、紳士の最高の暇つぶしだと、誰かがいっているのをきいて、いったいどんな読み物かしら、と、好奇心みたいなものでちょいとのぞいてみた、そんなことだったかもしれません。

そのひとが、『幻の女』というのを貸してくれました。作者はウイリアム・アイリッシュでした。どんな小説かしら、ときくと、推理小説の筋は、あまりはっきり話してはいけない、と教えられました。まだ読まない人の興味をなくすからだそうです。

ちょっとのつもりで読みはじめたら、おもしろくて、つぎつぎにどうなってゆくのか知りたくて、やめることができませんでした。むかし『風と共に去りぬ』を読んだとき、やはりおもしろくてやめられなかった、あのときと、すこしちがいますが、やはり興奮させられました。

それが病みつきになって、このごろは、旅行に出かけるときも、旅の長さによって、何冊かスーツケースに入れないと、気がすまないようになってしまいました。

私が愛用しているのは、ハヤカワ・ミステリーです。このあいだ、友達といっしょにちょっと関西へ行ってきました。このひとも推理小説のファンで、列車が動き出すと、まるで申し合せたみたいに、ふたりともハヤカワ・ミステリーを取り出したので、あらあらとわらってしまいました。

でも、この方と私は、好みがべつで、この方は、本格的な謎ときもの、ことに密室殺人事件が大好きなのです。

ドアも窓も、内側からカギがかかっている、どこも出口はない、そんな部屋で人が殺されていて、しかも犯人の姿はない、といった状況の下で、ストーリーが展開してゆくのですが、もう体がわくわくしてくるのだそうです。

それもわかるし、私が読んだ中では、クリスチイの『オリエント急行の殺人』や、『カナリヤ殺人事件』など、ほんとに忘れられないくらい、おもしろかったとおもいます。

でも、私の好みとしては、なにか後味のしっとりとしているという意味で、レイモンド・チャンドラーの『長いお別れ』とか『湖中の女』、それに、ジョルジュ・シメノンの『男の首』や、『黄色い犬』『霧の港』といったものが、好きなのです。

ときどき、ひまつぶしに、テレビのドラマも見ますが、おもしろいということでは、とても推理小説にはかないません。それに、なにかテレビは、見てしまってから、むなしい感じがするのに、上等の推理小説を読み終ったあとは、頭のマッサージをしたような、さっぱりといい気持になってしまうのです。

祝婚歌

ジューンブライド。

六月の花嫁さんは、新緑の中で美しく輝いていました。

その披露宴のお祝の言葉として朗読された詩がありました。耳をすまして聞くうち、涙があふれそうになりました。

その詩を書いてみます。

祝婚歌　吉野　弘

二人が睦まじくいるためには
愚かでいるほうがいい
立派すぎないほうがいい
立派すぎることは
長持ちしないことだと気付いているほうが
いい
完璧をめざさないほうがいい
完璧なんて不自然なことだとうそぶいてい
るほうがいい
二人のうちどちらかが
ふざけているほうがいい
ずっこけているほうがいい
互いに非難することがあっても
非難できる資格が自分にあったかどうか
あとで
疑わしくなるほうがいい

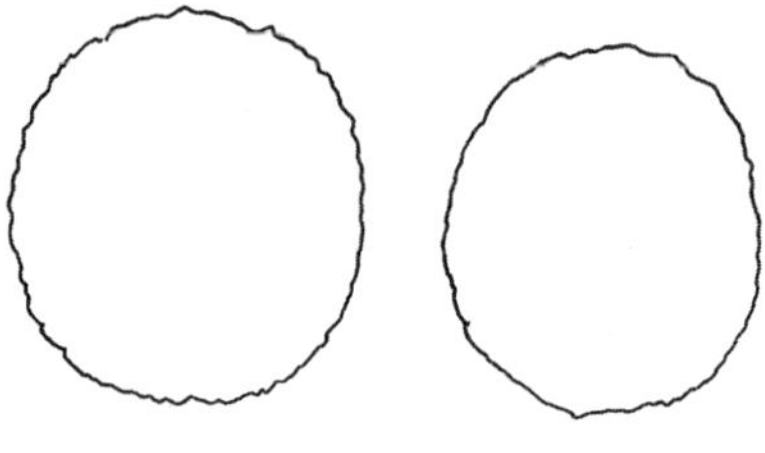

正しいことを言うときは
少しひかえめにするほうがいい
正しいことを言うときは
相手を傷つけやすいものだと気付いている
ほうがいい
立派でありたいとか
正しくありたいとかいう
無理な緊張には
色目を使わず
ゆったり　ゆたかに
光を浴びているほうがいい
健康で風に吹かれながら
生きていることのなつかしさに
ふと　胸が熱くなる
そんな日があってもいい
そしてなぜ胸が熱くなるのか黙っていても
二人にはわかるのであってほしい

「祝婚歌」谷川俊太郎編

母の電話

「たのしかったわ」

電話のむこうの声が、めずらしくはずんでいました。

母は八十歳です。

遠く離れて暮らしている母がしばらく上京して、私の家で遊んでいった、お礼の電話です。大学へ行ったのが一番よかったといいます。

東京見物といっても、はじめてではないし、年齢を考えると行先もそう多くはありません。お芝居ぐらいかしら、と思案していたら、孫が通う大学へ行ってみたい、と母が言いだしたのです。

大学は、都心のマンモス校です。そんなところへ出かけても大丈夫かしらと心配でしたが、平日は遠慮して、土曜日に出かけました。

構内の緑の木々が美しい道、大きな字を書きなぐった立て看板の林立する校舎の入口。若者らしい突飛な服装もまじる学生たち。

はじめて見る現代の大学に、びっくりの母です。足が弱ってゆっくりしか歩けないため、キャンパスを少し歩いて、講堂をみて、あとは学生食堂に行きました。ここは今ふうに、セルフサービスのキャフェテリア式になっています。

「菜っぱのゴマ和えまであるなんて。心配しなくて大丈夫ね」と、ここでも品数の多さにびっくり。

プリンと紅茶パック、一人前三百円ほどでお茶にしました。学生たちと並んで、はるか昔の学生時代を思い出したのと、孫と同じことを体験できたうれしさからでしょうか、母はいつになく元気に食べました。

半日ほどで、八十歳の母の小さな遠足は終りました。若い人たちの元気を分けてもらったのか、心配していた疲れも出ませんでした。

見物するところって、あまり年齢なんか考えないほうがいいのだわ、と、はじめのとりこし苦労を反省させられた電話だったのです。

パリの町のレインコート

雨の日、パリの町を小一時間も歩いていると、はっと立ちどまりたくなるようなレインコートの人に、必ず出会います。

こういうコートは、赤や黄やグリーンのではなくて、昔ながらの、レインコートの色なのです。オークル・ジョンヌというか、ハトロン紙の色を少し明るくしたような色。イギリスのレインコート、バーバリーの色です。

降っているのかいないのか、そんな煙った雨の中のレインコートは、それだけに、着る人の色彩感覚が発揮されるときなのです。

エリからのぞいたセーター、スカーフ。手袋や、ハンドバッグ、ブーツの色が、その美しさをきめるのです。

＊

このあいだも、五十歳くらいの銀色の髪をした女の人が、レインコートと、同じ色のレインハットをかぶり、エリもとからしぶくくすんだ紫色のスカーフをのぞかせていました。

レインコートの色に、くすんだ紫色のとり合せを、どうしてこの人は思いついたのでしょうか。いままでに気もつかなかった色の組み合せで、におい立つような美しさでした。

そして、その人は、いかにも手入れのゆきとどいた、赤茶皮の乗馬靴のような、しっかりしたブーツをはいていました。これが黒いブーツだったら、どんなにか重苦しい感じになったろうとおもいます。

＊

風土のちがいでしょうか、パリでは、土砂降りということはめったにありません。雨といっても、霧のようで、レインコートとレインハットがあれば、たいていしのげます。

そんなふうですから、レインコートを傘のつもりで買うのです。布地も仕立てもしっかりしていて、めったなことでは、雨がしみこまない、一生もつような品をえらびます。

そして雨の日、風の日、曇りの日、秋、冬、春、旅にもかならず鞄につっこんでゆきます。

雨の日、レインコートを着た人に会うと、そのコートのやさしいシワに、その人のドラマを思ってしまうこの頃です。

ビワのタネ

もう七年も前のことになりますけれど、お友だちのところで九州から送っていただいたビワを、ごちそうになりました。

まんまるく、小粒のビワは、香りといい、甘さといい、いままでたべたことのないようなおいしさでした。

「このタネを植えて下さい、おなじようなビワがなります。と書いた紙きれが一枚ついているのよ、そのタネ、もしよかったら、どうぞお持ちになって植えて下さらない。私のとこは、この通りでしょう、どなたかお庭のある方に、と思っていたところなの」

ということで、ビワのタネを三つばかりいただいて、ハンカチにつつんで家に持って帰り、マンションの友だちにかわって庭の片隅に植えました。

それから、しばらくたって、かわいらしい芽が三つ出てきましたが、そのうち元気のいいのを一本だけ残しました。落葉のたまった土もよかったのでしょうか、この芽はすくすくとのびてゆきました。

年とともに、大きくふとくなり、葉が茂ってきましたが、そのうちビワの木のことは忘れるともなく忘れていたのです。

去年のことです。十二月のはじめに、ふと見ると、五メートルほどにのびたその木に、白い花がいっぱいついていたのでした。そして、寒い季節なのに、蜜蜂があたりをうるさく飛び交っていました。

春になって気がつくと、葉の色とそっくりの緑の小さな実がたくさんついています。とうとうビワがなったのです。六月にはいると色づきはじめ、かわいらしい、丸いビワが、枝いっぱいになりました。

私は、あの七年前のおいしい小さなビワに、また会えたのでした。

九州のビワとしかおぼえていないビワが、東京で、長い年月をへてやっと実ったのです。

とってたべてみたら、小さいけれど、あの甘くておいしい、同じ味でした。

自然のフシギさすばらしさ、そして、すぎさった七年の歳月のことなど思っていたら、どうしたのか、涙が出てきてしまいました。

ボランティア

「このお茶が飲めないようでは、わたくしは、この仕事をする資格がないのだ、と、心の中で自分に言いきかせながら、目をつぶってお茶を飲み干しました……。ほんとうに、勇気のいることでした」

その人は、老人の家庭訪問の仕事をなさって、そろそろ七年になりますが、最初に訪ねたところでお茶をいただいた日のことは、いまだに忘れられない、と話されました。

お子さんが大きくなって、ゆとりができたとき、いままで家のなかの事しかしなかったのでこれからは、少しでも人の役に立ちたいと、地域のボランティア活動に参加したのです。

選んだのは、老人の家庭を訪問して、孤独なお年寄りの身のまわりの世話をしたり、話相手になってあげる、という仕事でした。

はじめての訪問のとき、そのお年寄りはとてもよろこんで、お茶をいれて下さいました。足の踏み場もない部屋、すすけたおやかん、茶渋でくすんだお湯のみ……。

「洗ってあるから大丈夫、さあ、どうぞ」

と言われて、清潔好きのこの人は、これはどうしても、いただかなければと、湯のみを手にしたのです。

このとき、「ボランティアなんて、いい加減な気持で、はじめるものではない」と、わかりました。

その日から、七年たったいまは、もう、どんなところで、どんなものを出されても、おいしい、おいしいと、食べたり、飲んだり出来るようになったそうです。

「不自由な体を動かして、何とかもてなそうとして下さる心を受けとめ、おいしい、おいしい、といってよばれてあげることで、孤独なお年寄りが、どんなに心を開いてくれたことでしょう。むかし話や、愚痴や、くりごとを聞いてあげるというのは、第二段階だと思うの」

心のかよった福祉の原点を、思い知らされるお話でした。

雨の音

「雨の音を聞くのが大好き」と友だちが話しはじめました。

「聞いているうちに、気持ちが落ち着いてきて、じっと耳をすます、そんな時間が、とても好きです」

そういえば、近ごろ、耳をすませて雨の音を聞く、というようなことは、ほとんどなく、気ぜわしい生き方をしています。

電線にぶら下がった雨のしずくが、低いほうに向かって、少しずつ移動していきながら、途中でこらえきれずに落ちていくのを、窓から眺めつづけていました。遠い記憶です。

キラキラと美しい雨でした。

「おとなりとの間にブロック塀があって、トタン板がかぶせてあるんです。赤茶けて、ずいぶん古いトタンですけれど、私の寝ている部屋のすぐ前なので、夜中に雨が降り出すとすぐわかりますし、朝、眼がさめたときも、音でわかります。

　雨の音って、いろいろあります。でも、なんといってもトタン板に鳴る音がすてきなの……音楽みたい。

　雨粒の大きさや強さで、微妙に音が違ってくるし、トタンの端の方にあたるのと、真中にあたるのでも違います。音楽家の耳で聞けば、音譜にもできるでしょう。

　ショパンのエチュードにも、〈雨だれ〉があります。地中海のマジョルカ島で、胸を病んだショパンが、雨の音を聞いて作曲したそうです。

　プラスチックの波板に降る雨の音は透明感がないし、スレートの屋根に降る音は鈍いつまらない音だし、ビニールシートなんか、ボタ、ボタといやな音がするし……、やっぱり

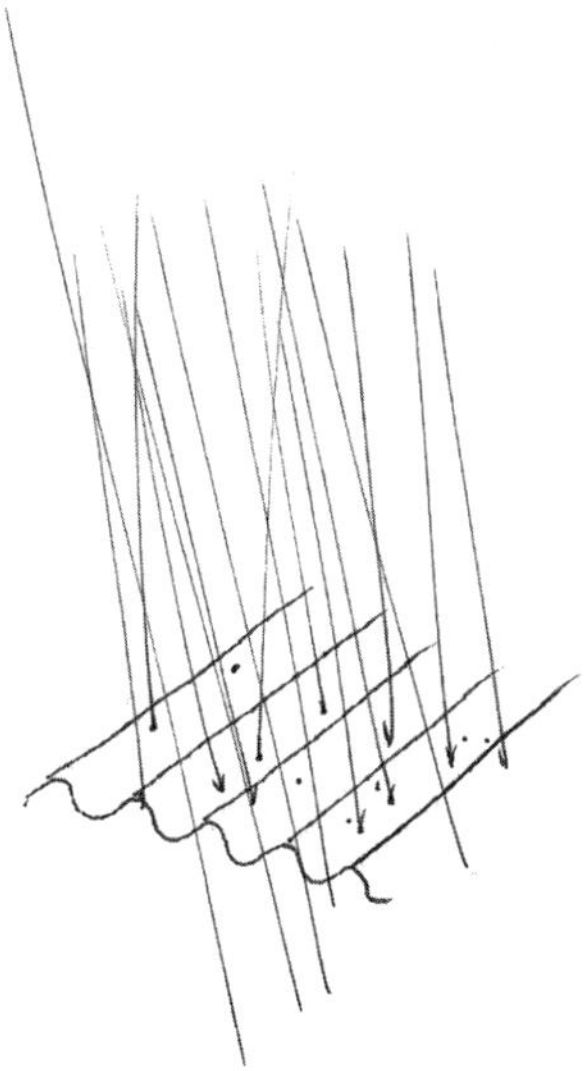

トタン、断然トタン板です」

友だちは、情熱をこめて、トタン板の雨を語りました。

「東京ではトタン屋根の家が少ないし、トタンの雨音を聞くのはむずかしくなりました」

こんなお話を聞いてから、雨の音が、急に気になりだしました。

今年の梅雨は、雨の音にこだわって、耳をすませてみようと思っています。

元気な声で

その日は起きたときから、なんとなく気持ちが沈んで、ブルーな気分でした。

そんなこんなで、出かける支度もてきぱきゆかず、約束の時間が来て、あわててタクシーに乗りました。

行先きをつげると、

「はーい、了解……」

と、思いがけない元気な声が返ってきました。思わず運転手さんの顔を、のぞきこんでしまいました。六十代半ばくらいでしょうか。昨今では、無口のだんまりという運転手さんは少なくなりましたが、こんな明るい声で言われたのは、はじめてです。

何かこちらも、すこし気持ちが明るくなってきました。その声の元気さを分けてもらったようです。それで、素直にこう言ってしまいました。

「朝からずっと気が滅入っていたの。でも、いまのあなたの声で、何か元気が出て来たみたいよ……」

「あっ、そう。そう言って下さると、うれしいです。ありがとうございます」

うれしそうな声です。それから話がはずんでしまいました。

＊

運転手さんはいいます。三、四年前に大きな病気を患って、ほんとに奇蹟的に助かりました。それでそのとき思ったことは、自分が元気でいられるというのは、なんとすばらしいことか、と。

残りの生きている時間を大切に、元気で生きてゆこう……。

「ずっとタクシーの仕事をしてきて、もうそろそろ事務にでもまわって、と思っていたら、社長さんが、よかったらぜひ乗ってくれ、って言うので、また乗っています。

でも、病気をする前と全然かわって、今は毎日がたのしい。車に乗れるだけでも幸せだと思っています。

でも、お客さんに、こんなことを言われたのは初めてですよ。うれしいです。私の方こそ、元気をもらったようですよ」

＊

降りるとき、「お互い、明るく元気でいきましょう」と笑ってサヨナラしました。丸顔で、顔いっぱいの笑顔。忘れられません。

とてもすてきな、心に残った朝でした。人の声って大切ですね。

お手をどうぞ

初夏のある日の午後、ブロードウェイを歩いていると、四、五歳ぐらいの男の子がかけてきて、

「マァーム、向う側にわたるのに手をつないでください、ママがおとなのひとに頼みなさ

いって言ったの」

と、無邪気な可愛い顔をあげて、いいました。

別の日でした。「ミス、あちら側まで手を貸していただけない」ふとったおばさんに、呼びとめられました。

またべつの日、ひどい吹雪の夕暮れでした。地下鉄から出てくると、あたりはすっかり灰色の世界で、信号燈も雪におおわれ、風は粉雪を舞いあげ、目もあけられません。足はすべります。どうやって向う側に渡ろうか、と立ちすくんでいました。

ヒューッという風の音と、ときどきキシキシとゆっくり通りすぎる自動車のほかは、誰も見えません。

突然、防寒帽から目だけ出した大きなお巡りさんが、どこからか現われ、「マァーム、さあ僕の腕につかまりなさい」というのです。大きな腕にすがってやっと向う側にたどりつきました。

大きな腕にすがって渡った、あのなつかしい、ニューヨークでの想い出。

交通戦争といわれる毎日、さあお手をどうぞと、お互いに気軽に言いあえたら、どんなにいいでしょうね。

足袋の白さ

竹が青く緑を増してくるころになると、思いだすことがあります。

初夏の夕暮れ、もう薄暗くなりかけた縁側で見かけた足袋の白さです。

その足袋の主は幸田文《こうだあや》さん、ところは伝通院《でんづういん》のお宅。そのとき、わたくしは、庭をみせていただきながら、縁側に腰かけてお話をうかがうかがっていました。

だんだん日が暮れてきて、手元が暗くなってきたのですが、幸田さんは電灯をつけられませんでした。

「気持がいいから、あかりをつけるのをやめましょう」

薄暗くなるにつれて、幸田さんの足もとがほの白く浮きあがってきたのです。

白い夏足袋でした。庭の竹の緑が、影を濃くするにつれて、その白さは、あざやかに浮きあがってくるようでした。

わたくしたちには、もう、すっかり忘れてしまった美しさです。

夏の足袋っていいものだとおもいました。足もとの白さを演出した日本人の感覚は、すごいほどに、とぎすまされたものだったのではないか、とおもいました。ナイロンの靴下や、ビーズ刺しゅうの部屋ばきなど、そばにもよれないようでした。

そのとき、幸田さんがこんなことをいっていらしたのを、忘れられません。

「この秋には、ずっと紅葉について歩こうとおもっているのよ、わたくしも、もうとしでしょ、紅葉だって、あと何回くらい見られるか、わかりませんものね」

世のなかには、大事にすることが、たくさんあるのだなあ、とおもいました。

本屋さん

四十年以上つづいた近くの小さな本屋さんが、店を閉じました。

電車の中吊り広告で見た雑誌や、新聞広告に出ていた本を探して、帰りがけや休みの日に、ときどき寄っていた本屋さんです。

店の人は子どもたちの立ち読みも大目に見て、雑誌以外ならゆっくり読んで、選んでいくように言ってくれました。

ここは都内の住宅地、なぜか古書店が多い町で、駅から家までに三軒もあるのに、新刊を扱う本屋さんはここ一軒しかなかったのです。

ご主人はいま六十歳、商売熱心で、何より本の好きな本屋さんです。

これはという新刊書や雑誌が出ると、手書きの広告を店の前に張り出しますし、注文を取りに自転車で出かける姿もよく見かけました。

でも、やめなければならなかった理由には、本が売れなくなった事に加えて、もう一つ、親切すぎるご主人の性格があったのかもしれません。

＊

ほしい本があって「取り寄せてください」と本屋さんに注文すると、本屋さんはそれを、取次ぎと呼ぶ問屋さんに注文するのですが、一冊の注文では、なかなかスムーズに入ってきません。

買う側の身になれば、本というのは一刻も早く読みたいものです。なかには、注文したものの、よそでその本を見つけて、買ってしまったりすることもあるのでしょう。取りに見えない方もあります。

そういう本は、在庫になってしまいます。本屋さんが取次店に注文して取り寄せた本は、売れなかったといって、出版元に返すことは出来ないという仕組みになっています。

親切なこの店のご主人は、注文をだしてもなかなか入って来ないときは、ほかの本屋さんでその本を見つけて、定価で買ってきて、お客さんに届けたりもしていました。

テレビやビデオの時代になって、前ほどみ

んなが本を読まなくなったことに加えて、あれやこれやが重なって赤字がふくらみ、もうやっていけない、と決心したのでしょう。

　本も、取次店に注文したらすぐに手元にとどくのなら、もう少しつづけられたのに、というご主人の話を聞きながら、こういうあたたかい本屋さんが、つぎつぎ減っていくのを淋しく思っています。

言葉って大切

　病院でいただいた処方箋を持って、クスリ屋さんに行きました。ちょうど十二時十分すぎでした。お店にも、薬局にも、人の姿がみえません。

「こんにちは」と声をかけてみました。

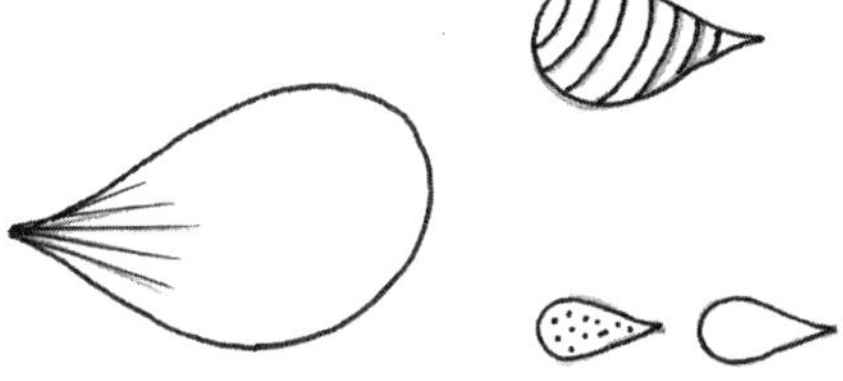

お昼どきなので、ごはんかしらと思って、店を出ようとしたら、主人らしい人が顔を出し、私の手の処方箋をみて、

「病院のおクスリですね」といいながら、処方箋を受取ると調剤室に入ってゆきました。

「お昼なのにすみません」と私はいいました。ごはんの邪魔をしてしまったのではないかと、気になったのです。

「いや、お昼ごはんなら三つのときから食べていますから大丈夫」と、クスリ屋さんはいいながら、おクスリを作りはじめました。

「三つのときから……」ちがいないわ、なにかほっとし、たのしくなって、クスリのできるのをゆっくりと待ちました。

＊

四、五人で、浅草駒形のどじょう屋さんにいったときです。

二階にあがって柳川、どじょうなべをいただき、鯉のあらいが出てきました。

酢みそに弱いわたくしは、となりにすわった仲間の若い若いお嬢さんが、みるみるあらいをたいらげてしまったのをみて、

「わたしの、あがって下さいますか」といいました。男の子のようにサバサバとたのしいその人は「ええ」とか「うーん」とか、きっとそんな返事をしそうに見えたのですが、予想に反して、

「お言葉にあまえまして」

といって、私のあらいを、見ているうちに、おいしそうに、たべてしまいました。

「お言葉にあまえまして」とていねいないい方、考えもしなかったお返事に、嬉しくなってしまいました。

＊

言葉って大切です。人の気持をあたたかくも、やさしくも、たのしくもしてくれます。

おばさん

このあいだ、久しぶりに会った人から、思いがけないことをきかされました。

その人は五、六年前に家に手伝いにきていた家政婦さんでした。よもやまの話の末、

「お宅のことは忘れませんのよ。はじめて伺ったときに名前をきかれて、ご家族のみなさんが、私の名をちゃんと呼んで下さいました。どこのお宅に上っても、たいていおばさん、おばさんと呼ばれますから、名前を呼ばれることがとってもうれしかったのです」

さも、なつかしそうに、話してくれました。

わたくしの家では、家政婦さんでも植木屋さんでも、お名前を呼ぶのが習慣になっていました。私たちは、ちいさい頃から年配の方にも、おじさん、おばさんと呼びかけずに、苗字を呼んでいました。

思ってもみなかったことを言われて、うれしい気がしたので書いてみました。

ココアの変身

初夏の気配を待ちかねて作る〈ココアのシャーベット〉。

それは、冷たくて、甘くて、ココアの味が、なんといったらいいかしら……ふつう飲むココアより、もっとおいしく、おとなむきの、しゃれた味に変身。

もちろん、チョコレートのアイスクリームともちがっています。

これからの季節に作っておいて、いつでも、誰にでも、たべていただきたいと思います。

作り方は、とてもカンタン。

＊

はじめに、ココアをつくります。ふつう飲むココアより濃いめです。

小ナベにココアを大サジ3杯と、お砂糖大サジ5杯とって、ここに水カップ1杯を少しずつそそいで、よくねります。すっかりとけたら、火にかけて、火が通るまで二、三分かきまぜます。

火から下ろして、少し冷ましてから、牛乳をカップ2杯加えて、まぜ合わせます。これをボールに入れ、上をホイルでおおって、フリーザーに入れます。

フリーザーにもよりますが、二時間くらいで、フチの方から固まりはじめます。そうしたらとり出して、泡立器で、ほぐすようにして細かくくだき、ねるようにまぜ合わせて、またフリーザーにもどします。

二時間ほどたったら、また泡立器で同じようにていねいにかきまぜ、フリーザーにもどします。こうしてゆくと、だんだんシャーベットの口当りが、なめらかになっていきます。

さらに、二時間くらいたったところで、玉子の白味を加えます。

白味は、はじめしずかに泡立て、白くなってきたら、お砂糖を茶サジ1杯ずつ、二回に分けて入れながら、固くなるまで泡立てます。

これを、かきまぜたシャーベットにまぜこみます。やっぱり二回に分けて、しゃもじで、切るように。

トロッとまざったところで、表面を平らにならし、フリーザーにもどすと二、三時間で固まります。これで、七、八人分はたっぷりです。

白い器に、ココア色のシャーベットをこんもりと盛って、ミントの葉でも飾ると、白と、濃茶と、ミドリ色、もう最高のデザート。

七月の章

ワイシャツのエリ

白いワイシャツは二十代には好きで、ブラウスとして、よく着たものでした。ですから、つい白いワイシャツを、若い人の着るもの、と、決めてかかっていました。

それも、あのキチンとしたエリもと、それをカラーのボタンひとつ外して着る、そんな着方が大好きなのです。色ものも、縞ものもありますが、白のワイシャツがことに好きでした。

このあいだ、清水の舞台から飛びおりる、といえば大げさないい方になりますけれど、思い切って白のワイシャツを買いました。

＊

着てみました。自分で言うのもへんですが、若くなったようで、ちょっとかしこくも見えるのです。四十代、五十代のものではないと思っていたワイシャツ、そのキチンとしたスポーティなエリもとが、かえって年をかくしてくれることに気がつきました。

とてもうれしかったのです。カラーのボタンと第一ボタンを外し、紺の水玉のスカーフをしてみました。気分をかえて、青グリーンのスカーフをしてみました。オレンジ色のスカーフもしてみました。どれも気に入りました。

胸元のスカーフの色が白にはえて、そこに花やかさが生れ、私の顔が、そのおかげできれいに見えるのです。

そして、首のまわりのおとろえが、白の、高いキチッとしたエリでわからなくなるのです。

＊

今年の秋は白のワイシャツに皮のベルト、プリーツのあるチェックのスカート、と若返ってみよう、などと、ひそかに、たのしい計画を立てているところです。

くちなしの花

雨あがりのミドリのしげみの中に、くちなしが、白い花をたくさんつけていました。近よってみると、あの甘くて可愛らしいにおいがあふれています。

二、三輪、花びんに挿そうと切りました。切ったあと、手がひどく汚れています。見るとくちなしのクキも葉も、泥がこびりついたように汚れ、なかには黒く油がついたような葉もありました。

水道の下へもっていって、汚れを洗いおとしましたが、葉脈についている汚れは、なかなかとれませんでした。いままで毎年、この梅雨あけの頃くちなしの花を切りましたが、手が汚れたことなど、一度もありませんでした。

きたなくなった空気、きたない雨、そのなかで、このくちなしは、やはり白い大きな花を咲かせたのです。

くちなしの無言のがんばりがいとおしく思われました。同時に、これ以上の汚れは、もうたくさんだ、とつよく思ったことでした。

おばあさんと孫

毎年、夏になると、お邪魔するお宅があります。そこは、いまどき珍らしく、おばあさまも健在で、三代の家族がいっしょに住んでおられます。

このあいだうかがったとき、お台所をのぞいたら、女子大に在学中のおじょうさんと、おばあさまが、二人仲良くうしろ姿をならべて、流しに向っていらっしゃるのです。

おじょうさんのふくよかな背中と、おばあさまの、細くなったかっぽう着の背中が、対照的でしたが、肩をよせあって、おばあさまはなにかしきりに、教えておられるのです。

味のつけかたたか、野菜の切りかたたか、それともだしのとりかたたか、……何かいおうとした私は、口をつぐみました。

おじょうさんは、おばあさまから、きっとお台所のチエをさずかりたいとおもい、おばあさまは、長年の経験から得たものを、若いひとになんとか伝えたいと思って、いっしょうけんめいなのです。

それがうしろ姿にあらわれていて、私は口をつぐんで、じっと見ていました。その日の夕ごはんに出たおつゆと、お野菜の煮ものは、ことのほか、おいしかったように思いました。

こんなふうにして、おいしいものは、つぎつぎと伝わって行くでしょう。真剣さとあたたかさがあふれていたあの二つのうしろ姿、思い出しても心がなごみます。

香水入門

香水にくわしいお二人に、ふとしたことでお会いしました。

佐藤信夫さんは、サン・トノレ店の方です。この店は、ランバンなどの外国の香水を扱っています。

もう一人は美しいフランスの人で、ニコル・デベイエさん、クリスチャン・ディオール香水の日本の責任者です。

このお二人は、いわばライバル同志なのに、香水好きで、こうやって香水の話になると、きりがないのです、と二人とも笑っていました。

わたくしはよく「香水ってどうやってつけるのが本当でしょうか」と聞かれますが、べつにこうやってつけるということも知らないままにきましたので、これ幸いと、お二人に香水のつけ方を、お伺いしてみました。

＊

佐藤さんが言われるには、香水のつけ方にはきまりのあるように言われますが、フランスの専門家にきいても、全部が全部ちがうのです。腕につけるという人もあれば、耳のうしろという人もいれば、首のまわりがいいとか、こめかみがいいとか、下着につけるとかマチマチで結局、つまるところ、ご自分がその日、そのとき、すきなところにつければいい、ということでした。

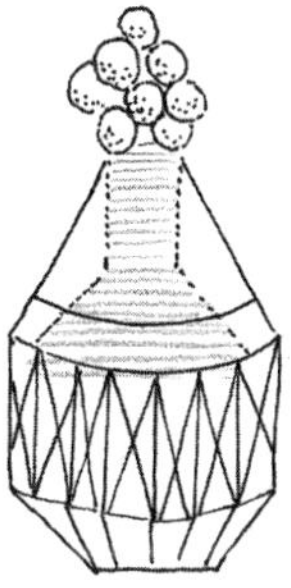

なんだか急に、香水をつけるのが気らくになってきました。

ニコルさんは、スプレーがこの頃たいへん便利でおすすめしたい、とも言っておられます。

ご自身は、服を着る前に、服のうちがわ、つまり裏にスプレーしておくそうです。「コレワタシノヒミツヨ」と、可愛い日本語でニッコリしていらっしゃいました。

話はつづきます。

いまフランスでは、香水よりちょっと淡いオード・トワレットが、たいへん流行しているということでした。これは、一番うすいのがオーデコロン、いちばん濃いのが香水、その中間がこのオード・トワレットというわけで、お値段もコロンと香水の中間です。

どうして、このトワレットがよく使われているか、もちろんお値段が安くて、きらくに使われることもありますけれど、いままでの香水だと、朝つけたら夜まで、どうかすると、翌朝までそのにおいが残ります。

夜はまた違う香りをつけたいと思っても、朝つけた香水のにおいが残っていますが、トワレットなら消えてしまう、ということです。

むかしは誰でも、自分の香水というものを決めていたものです。私はキャロンの黒水仙とか、シャネルの五番、夜間飛行だとか、それを使ったものですが、このごろはそれが違ってきて、いろんな匂いをつけたい、というふうに変ってきました。

たしかに、オフィスで働くときと、夜のお呼ばれはちがう雰囲気ですから、つける香水がちがうのがあたりまえです。

いろんな意味で、トワレットは、香水をはじめて使ってみたい、と思われる方におすすめしたい、と、二人とも言っておられました。

ごめんなさい

映画の撮影を、見る機会がありました。

部屋に入って来た女の人が挨拶するというちょっとしたシーンなのに、何度もテストをくり返して、やっと本番テスト、そしていよいよ本番。

「ヨーイ、ハイ」という監督のかけ声でジィーッとカメラがまわり、「ハイ、オーケー」とサインが出たとたん……。

「あ、タビのカバーぬぐの忘れちゃった」と主演女優の声。みると、タビの上に、もう一つ大きめのタビを、コハゼをはずして、はいていました。ほとんどうつらない位の所かもしれません、でももしかしてうつっていたら……、もちろん、撮りなおしです。

本番というと、たいへんな緊張で、スタッフ総勢二十人以上が息をとめ、コトリとも音をたてません。

「オーケー」の声がとんだあとにこんなミスが出ると、現場は殺気立ちます。こういうミスは、女優さんのミスでなくて、衣装係の助監督の責任だそうです。

しかし、そのとき主演の女優さんが、まっ先に、

「ごめんなさい」

と大きい声で言いました。

「俳優さんは、芝居に精神を集中していますから、演出部はもっとこまかく気をくばってください」と監督。

ふだんなら、誰かに雷が落ちるところなのに、彼女の明るい
「ごめんなさい」で、その場の雰囲気がほぐれました。

主演女優は栗原《くりはら》小巻《こまき》さんで、映画は「忍ぶ川」でした。

＊

買物客で混雑しているスーパーマーケットのなかで、買物車を押しながら、かどをまがるはずみに、おとなりの車にぶつかってしまいました。そのとき、

「ソオリイ」

と、間髪をいれずにとんできた挨拶に、私もあわてて、

「ごめんなさい」と言って、あやまりました。

相手はアメリカの女の人のようでした。

外国人客の多いこの店に、買物に来ているうちに、経験したことなのですけれど、ぶつかったときはもちろんのこと、ちょっと袖がさわったとか、同じ品物に両方から手を出そうとしたときに、外国人は、必ず、

「ソオリイ」

「エックスキューズミー」

「パルドン」

と、ほほえみながら、あやまるのです。それも、こちらの方が、あやまらなければならないようなときでも、相手の方が、たいてい先に、あやまってしまいます。これは、女の人だけでなく、男の人も、年とった人も若い人もそうです。

なかなか、私たちは、さきに「ごめんなさい」と言うことが出来ません。自分の方からあやまるには、よく考え自分に言いきかせて、はじめてあやまるのです。だから、その間、時間もかかってしまいます。

その点、外国人は「ごめんなさい」の言い方が、実にうまいのです。この言い方一つで、ずいぶん、世の中があかるくなると思います。私もこれから、ともかく、なにかあったら、自分が悪くても、悪くなくても、

「ごめんなさい」

と先に言ってしまおう、そうおもっています。

ゆり根の花

このお正月のことでした。

おせち料理のために買ってきたゆり根が、あまり大きく見事なので、食べてしまうのが、ちょっとかわいそうになって、一つだけ、庭の隅に穴を掘って埋めておきました。

でもそれっきり、そのゆり根のことを忘れてしまっていました。五月なかばのある日、庭に出てびっくり。ゆり根を埋めたあたりから、細い葉をいっぱいつけた丈夫そうな茎が一本、ものすごい勢いで、のび出していたのです。

そして、六月なかばには、三十センチにも伸びた茎のてっぺんに、オレンジ色の小さいつぼみを一つ、つけました。

昨日の朝、そのつぼみが、花になりました。少し小ぶりですが、ちゃんとした六弁の百合の花。オレンジ色の、ややそっくり返った花びらに、黒い斑点もついて、こげ茶色のしべもすてきです。

「あなたって、こんな花の咲くゆり根だったのね」と、話しかけたい気持になりました。

たった一輪の百合の花。風を受け、陽を吸って、咲いています。

おせち料理のお重箱のなかで終ってしまったほかのゆり根たちとは、違う運命をたどった、ゆり根の姿なのです。

でも、とても困ったことになりそうです。この暮れは、買ったゆり根を、全部埋めてしまいそうなのです。

遠くなった日々

わたしが　一番きれいだったとき
街々はがらがら崩れていって　とんでもないところから
青空なんかが見えたりした
わたしが　一番きれいだったとき
まわりの人達が沢山死んだ

工場で　海で　名もない島で
わたしはお洒落のきっかけを落してしまった

わたしが　一番きれいだったとき
だれもやさしい贈物を捧げてはくれなかった
男たちは挙手の礼しか知らなくて
きれいな眼差だけを残し皆発っていった

わたしが　一番きれいだったとき
わたしの頭はからっぽで
わたしの心はかたくなで
手足ばかりが栗色に光った

わたしが　一番きれいだったとき
わたしの国は戦争で負けた
そんな馬鹿なことってあるものか
ブラウスの腕をまくり卑屈な町をのし歩いた

わたしが　一番きれいだったとき
ラジオからジャズが溢れた
禁煙を破ったときのようにくらくらしながら
わたしは異国の甘い音楽をむさぼった

わたしが　一番きれいだったとき
わたしはとてもふしあわせ
わたしはとてもとんちんかん
わたしは　めっぽうさびしかった

だから決めた　できれば長生きすることに
年とってから凄く美しい絵を描いた
フランスのルオー爺さんのようにね

この茨木《いばらぎ》のり子さんの詩は、まるで私のか

わりに書かれたもののような気がします。

今年もまた、夏がめぐって来ました。あの日、焼けるような陽の下に咲いていたひまわりの花が目に浮かびます。私にとって一生わすれられない花です。


（世界の名作〈日本の名詩〉集英社版より）

白い封筒

このあいだ、ホテルのレストランで、女のひとばかり五人、友だちにお昼をご馳走になる機会がありました。

その日、ホテルのロビーで待ち合せて、階上のレストランに行きますと、レジのところで、友だちはハンドバッグから白い封筒をとり出し、

「帰りにいただいて行きますから、これで……」

と係に渡しました。その様子を見るともなく見ながら、私は一瞬、なんのことかわかりませんでした。

たいして気にもとめず、みんな、奥まったところに用意されていた席につきました。おいしいお昼をいただき、たのしいおしゃべりがつづき、時がたちました。

席を立って、レストランを出るとき、さっきの白い封筒のことを思い出しました。

友だちは、足早にレジによりました。

「ハイ、できております」

レジの人から、さっきの白い封筒が、手ぎわよく帰ってきました。

友だちは、

「たいへんおいしいお料理だったわ」

といって、それを受け取り、出てきました。

その間、一分とはかからなかったでしょう。

何人かで食事をしたあと、支払いをするのに時間が長びいたりすると、ご馳走になったほうは、そのあいだ、手持ちぶさたになることがあります。

それを予見しての見事な〝白い封筒作戦〟、私はごちそうよりも、この作戦に感心してしまいました。

魔法の袋

野外で開かれた音楽会に、友だちと出かけました。

長い行列に並んだあとに、ようやく席に落ちついて、ほっとひと息つくと、とてものどがかわいてきました。

お隣りの席では、入口近くで売っていたジュースを、おいしそうに飲んでいます。屋内でなく、暮れてゆく空を眺めながら音楽にひたるというのは、ふつうの音楽会とは違うふんいきがあるのでしょうか。飲み物が魅力的にみえます。

わたくしも、ジュースでも買って来ればよかった……と思ったとき、いっしょに来た友だちが、大きいバッグの中から小さな袋をとり出しました。

「お茶をいかが」

なんとバッグの中に、麦茶を入れた小さなボトルが入っていたのです。ボトルを入れた袋は保温保冷用ですから、麦茶はほどよく冷えていて、おいしかったこと。

「外を歩いていて、一口、お水が飲みたくなっても、喫茶店に入っている時間がない、そんなときのために、持ち歩いているの」

まるで、砂漠で水筒の水を分けあっている

みたいで、とても楽しい気分になりました。

音楽会が進むにつれて、夜のとばりもすっかりおりて、プログラムが読めません。

「次の曲はなにかしら……」

と呟くと、友人が、またバッグのなかから、何かをとり出しました。

パッと小さな光が手許を照らしました。細い懐中電灯です。

懐中電灯は、一曲終るたびに活躍です。拍手の合間に、お隣りの方が突然、「すみません、懐中電灯を貸して下さい」とささやきました。

懐中電灯の光をたよりに、その方は、手にしたカメラをみていらっしゃいます。撮影は禁止されていますから、オペラグラスの代りにでも、なさるのでしょうか。

長年、仲よくしている友だちが、こんな〈魔法使い〉だったなんて、そのときまで、気がつきませんでした。きっと、バッグのなかには、まだまだいろんなものが入っているにちがいありません。

音楽会のあと、軽い食事をとりながら、興味津々のバッグのなかみをききました。

からだが半分、入ってしまいそうなビニール袋は、雨に降られたとき、すっぽりかぶるためのもの。それに、物を包むにも便利。

それから小さな鋏、針と糸、バンドエイド、靴ずれ防止用パッド、気付け薬、お医者さまのお薬、買い物用の折りたためる手提げ袋、もちろんハンカチ、ティッシュペーパー、お財布、手帖、化粧袋などなど。

「そんなにいろいろ入れていて、暗いところでとり出すときは、どうするの」

すっかり感心している私に、友だちは、

「用途別に、チャック付きの透明な袋に入れてあるの。こうしておけば、バッグを変えたときも、そのチャックの袋だけをとり出して入れれば大丈夫」

これから、わたくしも、魔法使いのマネをしてみようかしらと思っているところです。

三百円の花束

家族の中に、小学二年生の女の子がいます。その子のいとこで、四つになったばかりの女の子が、病気で小児科に入院しましたので、いっしょにお見舞いに行くことになりました。

「ワタシ、おみまいにお花を持っていきたいの……。花屋さんによってね」

といいます。私は、買ってあったきれいな絵本を、お見舞いに、とかかえていました。

通りへ出ますと、花屋さんが見えました。あっという間に、その子は花屋さんに走りこんでいきました。私も、あわてて、あとを追うように入りました。

「おみまいにもってゆくの、お花クダサイ」

「いくらぐらいのですか」

その子は象さんの形のポシェットから、赤い財布を出しました。中に百円玉が三つだけ入っていました。

「これだけの、クダサイ」

「わかりました」

チビさんは、お姉さんが、ちゃんと応対してくれるので、緊張しているようです。

大きな洋服ダンスのようなガラスの戸棚に、バラ、チューリップ、スミレ、ガーベラ、カーネーション、スイトピーといっぱいです。

「どの花がいいの」

とお姉さんにきかれて、女の子は、どれにしていいのか迷っています。

「ヒヤシンスがいいかしら」

そういって、その人はヒヤシンスを持って奥へ入りました。

少したって、

「ハイ出来ました」

見ると、ピンクのヒヤシンスがまん中に2本。まわりにカスミ草とアスパラガスもそえて、レースを印刷した薄いセロハンでつつみ、ピンクのリボンたっぷりで結ばれています。

こどもの片手にちょうどいい20センチくらいの、先の広がった、とても可愛い花束です。

その子の顔は、うれしさいっぱい。お金を、お姉さんに差し出しています。私には、とても三百円には見えません。ハンドバッグをあけて、足りない分をお支払いしようと思いました。

その人は、軽く目で制します。

私も精いっぱい、目でお礼をして、花束をうれしそうに持った子と、花屋さんを出ました。

黒ぬりのゲタ

仕事のはなしが一段落して、近くのレストランで、ご飯でもということになりました。

夏の夕暮れ。よく茂った、けやき並木の通りに一瞬涼風が立ちます。若い人の多い街、今年の流行という、簡単なサンダルふうのミュールも目立ちます。

「お待たせ」。戸締りのため、ひと足おくれて出てきた友達と連れ立って、若いひとたちの群れにまじりました。

ふと、友達の足もとの白さに気がつきました。素足に黒いぬりゲタだったのです。つやつやしたぬりゲタに、赤い、少し太めの花緒がついています。

黒いやわらかな布の長めのスカート。ブラウスは黒地に赤い百合と緑の葉の柄が浮き出た、はっきりしたものです。

気管支を病んだために、ひとまわりやせたせいもあったかもしれませんが、スカートからのぞいた白いくるぶしは、ほっそりと黒いぬりのゲタと赤い花緒に守られて、それは美しく見えました。

私がそう言うと、友達は笑って、

「毎年、夏になると、私はゲタをはくの、足もとから涼しくなるの。足がのびのびすると、気分もおおらかになるみたい」といいます。

長いこと忘れていたゲタです。着物を着ることのない私は、はくものは靴、と、そう思いこんで、何十年もたちました。

服には靴、きものにはゲタ。それが常識と思っていました。でも、目の前に見る黒い長目のスカートに黒ぬりのゲタのうつりのいいこと。ブラウスの赤い百合と赤い花緒も、よくひびきあって、小粋です。

明るいショウウインドウの灯影が、友達の足もとにたわむれます。白くてきれい。

私もマネしたくなりました。

エプロンを

布が好きで、きれいな柄や色の端布を見つけると、使うあてもないのに、つい買ってしまいます。

たまった端布をみているうちに、いい考えが浮かんできました。

エプロンをつくろう。それも、前だけにすればいい。それなら、幅が60センチもあれば、なんとかなります。さらに考えているうちに、ひらめきました。

同じ形のエプロンを、二枚つくって、肩でつないだらどうかしら。チョッキ型というか、ポンチョ型というか……、これなら、体もすっぽりおおえます。

肩幅を広くすれば、ずり落ちることも防げるでしょう。

というわけで、早速つくってみました。長さ65センチほどで、幅が90センチと1メートルの、二枚の端布があったので、それを横に使うことにしました。上の方の形は、ノースリーブのブラウスを布に当て、適当に加減して、二枚おなじに裁ち、丈は短い方に合わせました。

裁った布のまわりは三つ折りにして縫い、裁ち落しからポケットと、15センチほどの細いヒモを4本、もう少し太い長さ30センチほどのヒモを2本、それぞれのエプロンにつくり、細いのを両肩に2本ずつ、太いのは左右の脇の、ウエストあたりに縫いつけました。

できあがった色と柄のちがう二枚のエプロンを、両肩のヒモを結び合わせてつなぎ、かぶって着ました。肩は、うまいこと落ち着きます。

それから、後のエプロンのウエストのヒモをまず前で結び、つぎに、前のエプロンのヒモを後にまわして結びます。

どっちが前でも後でも、そのときの好きにできるし、洗ったあとのアイロンかけはらくだし、なによりも少しの布でできるのが嬉しいことです。裏表のない布で、まわりをバイヤスで縁どりすれば、裏表なしに着られます。ヒモは、つくるのが面倒なら、売っている綿のテープやヒモでもいいでしょう。

私はエプロンにいい布は、もうないかしら、と、また端布の引出しを物色しているところです。

若い人たち

そこは、よく若い人たちが行くコーヒーとハンバーガーのマクドナルドの店です。駅前で通りすがりに見ると、あかるいガラスの窓の中は、いつも若い人たちでいっぱいです。

このあいだ、ついさそわれてお茶でも一杯と立寄りました。席はどこもいっぱいで、でもちょうど運よく、二人がけの席がポツンと空いていました。ゆっくりとコーヒーをたのしんでいますと、となりの席の大学生らしい若い人たちが、話に花を咲かせています。

そのなかの一人がこういいました。

「この間、僕、アルバイトで喫茶店にいったのよね。はじめての日、コーヒーを作るスタンドに一人残されちゃって、困ったなあ、って思ってたら、お客さんがきちゃったの。しょうがないから、なんにしますか、って聞くと、その女の子が、ウインナコーヒー、っていうんだよね。僕知らないんで、弱っちゃってね、聞こうとしても、だれも居ないしね……。

そいでね、エイッと思って、そこにあったウインナソーセージを小さく切って、コーヒーに入れちゃったの……。

そしたら注文した方も、ウインナコーヒーがどんなのか知らなかったらしく、そのまま飲んじゃったの。あとで店の人に話したら、ものすごくおこられちゃった……」

みんな、大笑いしてしまいました。

聞くともなく聞こえてきたその話に、私たちもおかしくなって、おもわず、いっしょに笑ってしまいました。それに気がついた若い人たちは、こちらをふりむいて、またいっそうおかしくなったのでしょう、大笑いです。

よく陽にやけた、きれいな若い人たちでした。その若い人が困って、困って、とうとう、ソーセージをきざんでコーヒーに入れている光景を思いうかべると、また笑いがこみあげてきました。

お客さまの女の人も、いつか、ウインナコーヒーって、泡立てた生クリームをたっぷり浮かせたウィーン風のコーヒーと知ったとき、きっと、この夏の変なコーヒーのことを思い出して、アッというでしょう。

若い、ということは、こだわりがなくて、なんてたのしいんでしょう。

ミンミン蟬

八月に入るころになると、私は毎年、ひとつの声を、心待ちにしながら、不安なうちにすごすのです。

　ことしも、その声は聞かれるかしら、それとも聞こえないで終ってしまうかしら。去年は不安が日ましにつのったある日、ほがらかに聞こえてきました。ああよかった無事だったと、胸をなでおろしました。

　それは、ミンミン蝉の鳴き声です。

　私の住んでいる都会のまんなかの住宅街に、夏の盛りになると、一匹のミンミン蝉があらわれるのです。その声は、私には一匹にしか思われません。
　二、三匹のミンミン蝉の合唱ならば別ですが、何日耳をすましても、その声は一匹で、クセも同じで、ひとつの声です。
　暑さが頂点にのぼりつめた八月の中旬ごろから、鳴きはじめます。

　東京のまんなかですから、蝉はたいへん少なくて、油蝉の声を聞くことも少ないし、つくつく法師や日ぐらしの声も、稀です。ところが、あの勇壮なミンミン蝉だけは、たくましく、ただ一匹、いのちをつなげているようです。

　これは、おどろきです。

　こうして、毎年、一匹のミンミン蝉が生まれてくるのですから、声を立てない母親のミンミン蝉も、いつかどこかにいたのでしょう。

　この夏の使者が、こんな街のまんなかの、暮らしにくい環境のなかに、よくも生まれかわりつづけ、毎年たのしい夏のうたをミン、ミン、ミンとうたいつづけてくれることです。

　あのミンミン蝉が、あらわれなくなったら、私の住むこの街に、人もやがては住みにくくなってしまうことでしょう。

　ことしもやがて八月。

　ミンミン蝉が、うたをうたってくれるかどうか、待っているのです。

八月の章

雨もよいの夜の空港

ある年の、夏のおわりのことでした。姉妹のように仲よくしていた人が、結婚のために、アメリカに行くことになり、羽田までお見送りに出かけました。

同じ飛行機で出発する人を見送るため、ゲイトの前はいつものように混みあっていました。そのなかにエリザベスサンダースホームの沢田美喜《さわだみき》さんのお顔がありました。四、五歳くらいの二人の混血の子どもさんの手をひいておられ、たぶん、この子たちも、アメリカにもらわれてゆくのでしょう。

やがてこの二人の子は、つきそいの人につれられて、沢田さんにサヨナラ、サヨナラをしながら、ゲイトのむこうに見えなくなりました。私の友だちも、サヨナラをいいながら遠ざかってゆきました。

大磯からわざわざ、子どもたちをこうやって見送りに来られた沢田さんの心のうちをおもいました。もう時間は九時半をとうにまわっていました。

名残りおしく、そのまま帰る気になれず、せめて飛行機を見送りたいとおもい、私は送迎デッキに出ました。雨もよいの日で、デッキに出る人は数えるほどしかありません。小半どきもしたでしょうか、飛行機は東の暗い空に向って、飛び立って行きました。

ふとみると、私はふたたび、デッキの手すりにもたれた沢田さんを見たのです。沢田さんはもう星のようにしか見えなくなった飛行機に、手を大きく振っておられました。

小雨のなかで、デッキに立ちつくして見送られている沢田さんを、子どもたちは知らないでしょう。

どんなに、その子たちに深い気持を抱いていらしたか、私にはわかるような気がしました。夏の終りの、雨もよいの夜になると、暗い夜空に向って、大きく振られた沢田さんの手を思い出すのです。

銀座の虹

銀座をせかせかと、歩いているときでした。すれちがいざまに声をかけられました。

「ニジですよ」

事務服の上っぼりを着た、地味な感じの女の方でした。そしてニコニコしています。ニジ、といわれて、瞬間、なんのことか、と思い、またその瞬間、虹のことだと、ハッとしました。

「ほら、あんなに」

ふりかえると、十階建の古びたビルの真上に、大きな七色の弧がかかっていました。虹を教えてくれた人は、青の信号になった横断歩道をわたってゆきました。

何年ぶりで虹を見たでしょうか。空はきらきら光って、雨の気配もなかったのに、虹なのです。その日の天気予報では「ところにより強い雨」といっていましたから、どこかで降った雨が、虹をよんだのでしょう。

気がついてみると、銀座を行く人は、みな気ぜわしそうで、せっかくの虹にほとんど気がついていないのです。だからあの人も、私に「虹です。虹です」といってくれたのでしょう。

「虹が出ているわ」

一人でも、多くの人が気がついてくれるように、私も大きな声でそういってしまいました。

虹のベルトをした空は、すてきなおしゃれに見えました。

かぼちゃの恋物語

朝露がおどろくほどたくさんおりていて、足をぬらしながら庭を歩くと、かぼちゃのまっ黄色な花に出合い、あ、今朝はいくつ、これは雄花だからダメ、成り花はいくつよ、と声を立てて数えた、戦争中の夏の朝を思い出します。

かぼちゃが、たくさんなってくれるように、それはもう一生懸命でした。戦争が終ってからことしで二十九年、あわただしく、息もつけない歳月でした。

でも、この頃は、かぼちゃが主食になることはもうありませんし、年に二、三回、かぼちゃのスープを作ったり、おしょう油で甘辛く煮るくらいです。

「かぼちゃを見ると、フッと苦笑してしまうのよ」と、ある友だちはいいます。その人は五十に近いのですが、専門の職業を持っていて、独り身です。

戦争が終りを告げた日から、食糧事情がますます悪く、その夏にとれたかぼちゃは、うらなりでも大切に保存しておかなければ飢えるかもしれない、そんな状態でした。でも、気っぷのいいその人は、その大切なかぼちゃの一つを、仲良しの友だちにプレゼントしました。

しばらく時がたってから、その友だちから手紙が来て「結婚することになりました。相手はあなたもよくご存じのSさんです、遊びにいらして下さい」という文面でした。

友だちのSさんとの結婚ということで、早速お祝いを言いに行きました。友だちは意外にも「あなたが結びの神なのよ」と言うのです。

問い返す間もなく、その友はもらったかぼちゃを、じつは自分の一番好きな人にあげて、その家族じゅうによろこばれて、それがきっかけで、親しさが増し、結婚という運びになった、と、いきさつを語るのです。

友だちはそこで、フウッとひと息ついてこう言いました。

「じつは、そのかぼちゃ、その女友だちにあげようか、それとも、Sさんにあげようか、いろいろ迷った末、なんだか男の人にかぼちゃなんかあげるのはこけんをこわすようだから、気のおけない女友だちにあげました。あのときSさんにあげていたら、どうなっていたかわからないわね」

その人は、かぼちゃを女の友だちにあげた

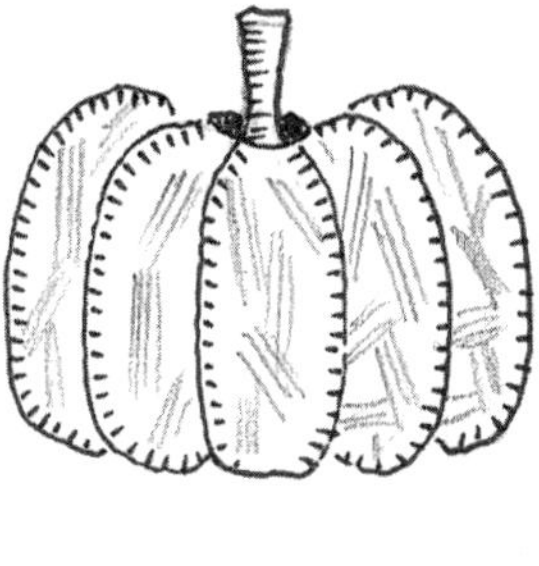

ばっかりに、ずっと独身で通してきた、とは思われませんけれど、あの頃は、いのちをつないで行くための大切なかぼちゃでした。

たった一つの小さなかぼちゃが、こんなふうに運命をわけることさえありました。

小さな、かぼちゃに、そんな大きな役割りを負わせたのは、やはりあの戦争でした。

かぼちゃは、ことし、どんな出来具合でしょうか。

交換はがき

歩いて十分ほどのところに、母が住んでいます。

一週間に一度は顔を出して、今週は誰がみえたか、何をしたか、具合はどう……、というような世間話をして帰ってくるのですが、たまたま用があって行けないときに、はがきを一枚書きました。

電話でもいいのですが、ちょうど菜の花が描かれた、きれいなはがきがあったので、五、六行とりとめのないことを書いて送りました。

翌日、母から電話がありました。

「はがきがうれしかったから、返事を書いて、いまポストまで行ってきたからね。明日つくわ」

予告通り次の日、返事がとどきました。絵はがきの裏に八行ほど。文章を考え、字を書くのは、頭の体操になるようだから、ときどきはがきを下さい。返事は書きます、とありました。

なんだか「白ヤギさんからお手紙着いた」っていう歌を思い出してしまったのですけど……。

読まずに食べた、御用はなーに、っていう歌、ありますよね。

内容はともかく、字を書くことがとてもいいこと……と思って、それからは週に一、二回、はがきを出すことにしました。母は何度も読み直して考えて、返事を書くのが、ひとつの仕事になったようです。

足元が少し不自由なのですが、元気のよい日に杖をついてポストまで五、六分歩くのも、具合いのよしあしを判断する目安になるようです。

「今日は歩けたよ……」

と、返事予告の電話でうれしそうにいうようになりました。

面と向かっては少し恥ずかしいほめ言葉や、はげましの言葉も、はがきなら書けますので、ときどき、ちょっと加えます。

「なんだかほめられているみたいだけど、廻りくどく書いてあって、よく考えないと、わからないこともある。でもなんとなく、だんだんうれしくなってくるよ」と母。

私はどうも、ストレートに言えないことを、もってまわって書いてしまうので、母はとまどうのです。でもはがきならではのことです。

ときどき絵はがきを見つくろって届けると、とてもよろこんで、この頃では、お友だちにも出しているようです。

「季節の挨拶なんてヌキにして、いきなり見たものや聞いたことを書く方が、おもしろく書けるね……」

この間、こんな、びっくりするような発見をしました。母の体調がよいときは、しっかりした字で勢いのよい言葉がならんでいます。

思いがけず、はがきをやりとりするようになって、母のことが一層よくわかるようになりました。

朝の果物

西洋ふうの朝ご飯は、一番はじめに、果物かジュースをいただき、つぎにオートミール、玉子、コーヒー、そんなふうな順序です。果物やジュースを先にいただくのは、眠っている胃を起し、食欲を増すため、といわれています。

それをまねして、朝ご飯の前に果物をたべてみました。なにか気分もかわり、すがすがしい感じになっていいものでした。

いそがしくて帰りがおそく、外で夕食をすます、という人にぜひ朝ご飯の前に、新聞といっしょに、冷たくした果物を差し上げてみて下さい。

ひまわり

思いがけない、ひまわりとの出会いでした。見渡すかぎりのまるで、海のようなひまわりの畑。なつかしい黄色の花びら、たくましい緑の葉。風で、ひまわりの大群は波のようにうねります。

そこへ、〈サンフラワー〉とタイトルが大きく出ました、映画『ひまわり』のタイトルバックなのです。

このひまわりは、ソ連領内のもっとも肥沃な地、ウクライナ地方のひまわり畑でした。

映画は『自転車泥棒』で有名なデ・シーカ監督が、ソ連にロケしてつくった映画で、ここでも、第二次世界大戦が、名もなき市民に深く残したツメあとをえぐることに、全力をあげていますが、見終って何日かたったあとでも、あの圧倒的な広さのひまわり畑が、頭の中から去りません。

戦争とひまわり、あの戦争中もののない時代、東京の町なかでも、ひまわりだけが生き生きと咲いていました。終戦の日、玉音放送をきいて、庭に目をやったとき、ひまわりが、青空を背に、高く咲いていたのをおぼえています。

夏になると、あのたくましい花が山の手にも、下町にも咲いていたものでした。気がついてみると、このごろ、ひまわりの花があまり見られなくなりました。なにか、忘れられてきたような感じがします。

花といえば、バラ、カーネーション、それに枯れないホンコンフラワー、精巧なイタリアンフラワーなどで、ひまわりの美しさなど忘れていました。

そのひまわりに、映画で出会ったのです。

ソ連の人は、ひまわりのタネが好きで、たくさん栽培しているのだそうです。

戦争のない平和な庭に、またひまわりを植えてみたくなりました。

真赤なドレス

角を曲がったとき、真赤なドレスの女のひとが、目にはいりました。

あっと声をあげて、立ちどまりそうになりました。水を打った舗道に大輪の花が咲いたようでした。

その人は真正面から夏の夕陽をあびて、何事もなくすれちがうと、いってしまいました。とてもきれいな人でした。

あのときから、もうずいぶんたちましたが、毎年季節がきておなじような夕陽の夕方になると、真紅のドレスを着たあの人を、おもいだします。

いまごろになって、あの赤いドレスを着た人が、なぜあんなに印象強く美しかったか、わかったような気がします。

目に残っているその人は、とても太った方でした。

そして、赤も赤。遠慮のない原色の赤を、これまた、おしげなくたっぷり使ったドレスで身をつつんでいました。スカートはフレヤーだったか、ギャザーだったか……。

細っそりみせようとか、太っていて困った、とかいう感じを少しもみせませんでした。むしろ、自分のからだの長所も欠点も、そのまま堂々とみせているいさぎよさ、自信のようなものが、大輪の花の印象を残したのだとおもうのです。

美しく着るということは、自分のもって生まれたものを、ありのままに活かすことではないか、と思っているところです。

田園交響曲

流れていたのは、聞きおぼえのある、ベートーベンの『田園交響曲』でした。

にぎやかな銀座通りから入った裏通りの、名曲喫茶店。向いあって坐った友だちは、「この田園交響曲には、忘れられない思い出があるの」と、話をはじめました。

「昭和十九年から二十年の終戦の日まで、ほとんど毎日、この田園交響曲をきさつづけたのです。ちょうど女学校三年生から四年にかけてのころ……。

私は学徒動員で、南方の基地づくりに使うトラクターの製造工場に通っていました。私の仕事はラジエーターの部品の仕上げでした。

戦争はだんだんひどくなっていく様子で、毎日が不安の連続でした。

学校の授業はまったく行われず、教科書を開くよりは、工場での仕事に早くなれるのがつとめでした。朝夕の行き帰りはそれでもセーラー服でしたが、工場に着くとすぐ作業服に着がえて仕上工に早変りです。

そのうち食糧もなくなってきて、おなかのすいた、みじめな毎日になりました。

私の家には、戦地に行った兄が残していった数十枚のレコードがありました。その中から、私は『田園交響曲』だけをきくようになったのです。

なかでも第二楽章の『小川のほとりの情景』が好きで、おなかがすいているのに、きいていると気持が豊かになって、なんだか幸せになるのでした。

毎晩ききました。もちろん、私だけにきこえるほどの小さな音にしてです。

兄が大切に大切にして残していったレコードです。大事に扱わなければなりません。もし割ったりしたらたいへんです。

それでも毎日かけるので、レコードの溝は白っぽくなってシャーシャーいう音がまじり、気になってきました。そんなある日、戦争が終ったのです……。

田園交響曲をきいていると、私の思いは、もう何年も前の学徒動員の日にもどってしまうのです。音楽って、ふしぎな力をもっているものですね」

曲は、まだ流れています。ふだん物静かなこの人が、まるで別人のように、独りごとを言うように、話してくれました。

ある結婚

「いままでに、何度か機会があったのですが、なんとなく逃がしてしまって、気がついた時には、四十に近い年になっていましたの。

十年以上も勤めている建築事務所の居心地もよく、お仕事も好きでしたから、独りで気ままに暮らしているのがたのしかったのです。

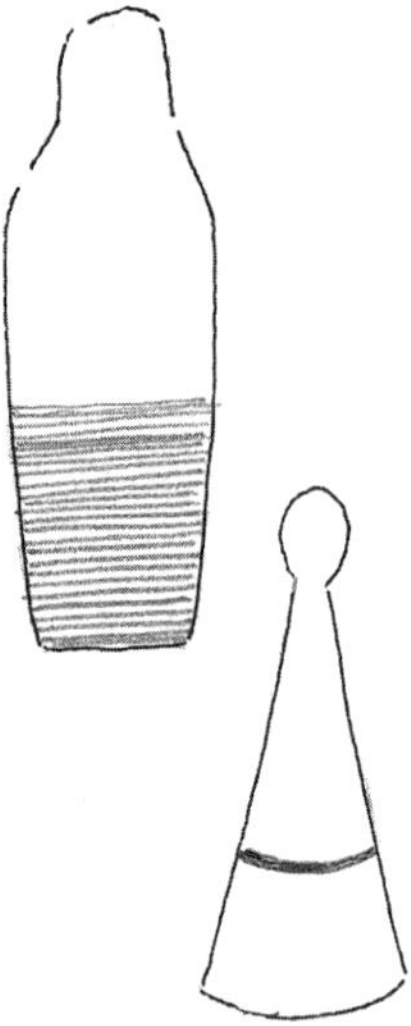

でも、縁があるというのは、ほんとうに不思議なもので、気軽に紹介されたのがきっかけになって、ふと、その気になり、ささやかな結婚式をあげました。

勤めは、つづけていましたから、いままでの単調な毎日が、にわかに忙しく、でも、それなりに充実した毎日でした。

主人が体の不調をうったえたのは、やっと一カ月すぎて、少し落着いた気持になれたころだったと思います。近くの病院で検査を受けた結果、医師は私だけに〝ご主人は肺ガンの、それもかなり手おくれの状態です。このままでは、おそらく半年くらいのお命でしょう、ご本人にはそのことを知られないようにして、あなたもがんばって下さい〟と言われました。

それから二年半、入院と退院のくり返しで、とうとう亡くなりました。そしてまた、もとの独りになりましたの……。

二年半のあいだ、ほとんど病院通いと看病に明け暮れた結婚でした。しかし、一つだけたしかにわかっていることは、やっぱり結婚してよかったのだ、まちがっていなかった、ということなのです。

めぐりあって、たった二年半のあいだに、二十年、三十年、いっしょに暮らす生活を縮めこんでしまったみたいに、一分、一秒も大切にしあい、みつめあって暮らしました。

これから独りで生きてゆくのに、この二年半の手ごたえが、支えになってくれるのだと思うのです。

日本が戦争をしていた頃には二十歳そこそこで結婚して、半年もたたないうちに未亡人になった人も、少なくなかったのですね。

そのあと、その人たちは再婚もしないで、一人で仕事をしたり、子どもを育てたりなさいましたが、その方たちを支えた強さがどういうものであったか、わかるような気がします。

前と変らない毎日にもどり、仕事をつづけて暮らしていますけれど、やっぱり、以前のわたくしより、チョッピリ強くなったみたい……」

遠くを見つめながら、その友だちは、悲劇の主人公でも、嘆きの未亡人でもない、不思議な明るさと静けさを、もっていました。

お月さまのこと

「その夜はちょうど満月。明るい月夜でした。ぼくはこどもたちを車にのせて、走っていたのです。

幼稚園に行ってる下の娘が、

〝なんでお月さまは、わたしといっしょに走っているの〟

って聞いたのです。

ぼく、どうしたとおもいますか。

〝ちょっと待って、お家に帰ってから、ゆっくりお話ししてあげる〟

と宿題にしたんです。

翌日、庭に椅子を一つ持って出て、こどもたちを、ちょっと出てきなさい、と、よび出しました。そして、庭の隅に椅子を置いてから、こどもを二人つれて、走ってみたんです。

最初は、椅子に近いところを走ってみました。椅子はぜんぜん動かない、しかし、十メートル以上はなれて走ってみたら、なんと、椅子がいっしょに動いているように見えるのです。

何度も何度も走ってみせて、どうだ、わかったか、って聞いたら、わかった、って、いってくれました」

幼稚園と小学二年生のこどものお父さん、四十歳です。こどもの成長ぶりが面白くてたまらない、という様子で、たのしそうに話してくれました。

この話を、友だちにしましたら、

「幼稚園ぐらいのお子さんには、そういうとき、お月さまはあなたが好きだから、ついてきたくなっちゃったのよ、って言ってあげれば……」と、いいました。

この人は、幼児教育を専門にしています。

わたくしも、お月さまには、兎が住んでいて、ペッタンペッタン、お餅をついている、と言われて、月の表面のデコボコが兎に見え、ついたお餅はどうなるのかしら、と、月を見るたびに思ったことでした。

お月さまは、なんでいっしょに走るの、という子に、「いっしょに走りたいからよ」って答えてあげるのも、また、ひとつの答でしょう。

＊

そういえば、つい、このあいだ、大阪から、夕方五時すぎに新幹線にのりました。窓からふと見ると、白いモヤッとしたものが、東の空に、風船のように浮かんでいます。お月さまかしら、雲かしら、と思っていました。

琵琶湖にさしかかったあたりで、それはお月さまとわかりました。

浜松をすぎ、静岡あたりになっても、月は東の空で、少し小さくなったようでしたが、きれいに光っていました。

お月さまもいっしょに、帰りたいのね……と、そのとき、私も思ったことを、いま思い出しました。

星空

こどものころ、夏の夜には外に出てよく星を見たものです。それは、母が、星空を眺めることが好きだったからだろうと思います。テレビもなかった頃でしたから、夜も暇だったせいもあったのでしょう。そして、いまとちがって、空が澄んでいたこともありました。

星座表というものを、母は持っていました。じょうぶな厚紙に、いちめんに星空が描かれ、その上に、窓のあいた覆いのようなもう一枚が重なっていて、その二枚の板紙を、月日に合わせて回わす仕組みになっていたような記憶があります。

あおむいて、いつまでも夜空を見上げていると、そのうちに首が痛くなってしまうのでしたが、母は根気よく、私たちこどもに、星のありかや名前を教えるのでした。

いま、コグマ、大グマ、琴、アンドロメダ、カシオペア、射手座など、すらすらと星座の名前が浮かんでくるのも、そのころ、母から教えられたからでしょう。

昔の夏は、とくに天の川がきれいで、射手座は、その天の川に重なりかかって見えました。月も、今よりはずっと、私たちの身近にあったようでした。

……人間はね、死んだら、お月さまに住むようになるんですよ。小さな花や虫は、枯れたり死んだりすると、お星さまのどれかに行くことになっているの……。

とも教えられて、それを、ながいこと信じていました。

ときどき、夜空をながめることがあると、母といっしょに見た星空を思い出し、なにかすっかり忘れていた星のお話を、また信じたくなってくるのです。

金の靴

今夜はパーティだ、といいました。

金色の靴がほしいのよ、といいました。

染めればいいんだわ、といいました。

千円ちょうだい、染料って、そのくらいで買えるでしょ。

そういって出ていったのです。そして、ほ

んとに、染料を買ってきたのです。

こんなにカンタンにできるって、おもわなかった。かわいそうな黒い靴が、いつのまにか金色に染まって、ピカッと輝いていいます。

おどろいたのは、こちらです。

「どうやったの」

「びん一本が、九六〇円なのよ。

そこに、ブラシと、コンディショナーと、色のペンキが入っているの。コンディショナーは粉なの。汚れおとしで、水でとくの。クリーム状になるの。それを塗って、余分のコンディショナーをふきとるの。十分くらい乾かすの。よく乾いてから色をぬるの。

ほんとは一晩おいて、コーティングするの、コーティングすると、もうとれないの。でも、コーティングの液、三百円もするんだもの。やめちゃった」

両手のさきにぶらさがった靴は、またキラッと光りました。

木綿の白い服に、金色のベルト、ピカッと光りたての靴でお出かけです。洗いたての髪の毛も、ピカッと輝いています。

十七歳って、すてきですね。

真赤なブラウス

新しいブラウスを一つほしいと思いながら、銀座を歩いていました。

花が咲き競っているように、いろんなブラウスが、どの店にも、どの店にもあります。

私はちょうどいいものより、ひとまわり大きいものを着るので、なかなか欲しいサイズのものがみつかりません。

エメラルドグリーンの、珍らしくハイネッ

クのいいブラウスが、ウィンドウにかかっていいます、よく見ると、これもちょうどのサイズです。

店に入って、もう一つ上のサイズは、ときくと、グリーンにはないけれど、と、真赤な同じ型のブラウスを、一枚だけあります、といって出してくれました。

肌ざわりもやわらかくて、薄手のウールのようです。手にとってみると、その赤は、七色入りのクレヨンの赤の色です。こういう赤は、いままで着る勇気がありませんでした。

でも、手にかけて動かしてみると、光のあて方で、紅赤にみえたり、ポストの赤のようにも見えたり、すてきな赤です。

はじめて「この赤を着てみようかしら」と思いました。もし似合わなかったら、妹にでも着てもらえば……そんなことも思いながら、勇気を出して買ってしまいました。

青みがかったグレイのスカートに。ベージュのスカートに。淡い玉子色のスラックスに。とてもあってくれそうです。

真赤なブラウスを着て、鏡の前に立ってみました。アクセサリがなくても、とても元気にみえるのです。

白いイヤリングだけでも、すてきです。

真赤なブラウスを買ったことは、この夏の終りの、すてきなすてきな出来事でした。

赤い冷蔵庫

駅へ出る道の途中に、電器屋さんの駐車場があります。いつもはただ通りすぎるのですが、その日は、思わず目を引きつけられました。

真っ赤な、小さな冷蔵庫が放り出されてい

たのです。それにしても、なんて思いがけない色なのでしょう。冷蔵庫を真っ赤に塗るなんて……。見たことがありません。

電車に乗ってからも、ずっと気になりました。もしかしてまだ使えるのだったら、と考えだすと、なんだか放っておけないような気分です。

夕方、家に帰る途中で、少しまわり道をして、電器屋さんによってみました。

「駐車場にある赤い冷蔵庫、もし、まだ使えるのでしたら、ゆずって頂けるでしょうか」

前から顔見知りのお店の人は「そんなのありましたか、じゃあ、あとでお返事します」と、気のない返事です。拍子抜けして、これは期待できそうもないと思いました。

帰りにもう一度、赤い冷蔵庫に近寄ってみました。やっぱり赤くてすてきです。

次の日は日曜日。おそい昼食をとっている

とき、玄関のベルがなりました。出てみると、電器屋さんが、赤い冷蔵庫を抱えてニコニコしていました。

「まだ立派に使えるとわかりましたので、持ってきました」

胸がドキドキしました。

「おいくらですか」

と聞きました。

「千円、それに運び代千円、いいですか」

いいも悪いもありません。

千円札を二枚と引きかえに、赤い冷蔵庫は、私のものになりました。

「明日、業者に引き取ってもらうことになっていたんです。男の学生さんが使っていたのですけれど、冷凍室のついたのがほしい、ということで、新しいのを納めて、これを引き取ってきたんです」

と赤い冷蔵庫の由来を、話してくれました。

たしかに冷凍室はありません。

大きな冷蔵庫の中でゴロゴロと場所ばかりとる、麦茶のボトルやビール、ジュースのカンなどが気になり、飲みもの専用の小さな冷蔵庫がほしい、と以前から思ってはいたのですが、こんなことになるとは考えてもみませんでした。

あと二、三日したら粗大ゴミの山に放りだされるか、つぶされるかという運命だった赤い冷蔵庫、なんだかいとしくて、ていねいに拭きました。

庫内はまだきれいで、赤い色も見違えるように美しくなりました。コンセントにつないでスイッチを入れたら、たちまち冷えはじめました。

麦茶やビールがのびのびとおさまって、居間の隅の邪魔にならないところに、まるでもう何年もそこにいるかのように落ちついて、それよりなにより、居間が赤い色でにぎやかになりました。

暑かった夏の、すてきな出会いでした。

たのしいクックブック

すてきに愉快なお料理の本を、洋書の棚で見つけました。『ニューマンズ・オウン・クックブック』。

アメリカの映画俳優、ポール・ニューマンさんと、彼の長年のお友だち、作家のA・E・ホッチナーさんの共著です。

ご存じの方も多いでしょうが、この二人は、長年、ワインの空き瓶に手づくりのドレッシングを入れて、友人たちへのクリスマスプレゼントにしていました。


これが大好評。それならと「ニューマンズ・オウン」のブランド名で売り出したところ、大あたり。これまでの純益一億ドルは、すべて教育や慈善事業に寄付されています。

ところで、本ですが、表紙も、中の写真もたのしく、まるで、ミュージカル・コメディの一場面を見ているような気がします。

ユーモラスなコラムも、楽しめます。たとえばこんなふう。

「ニューマンさん。ガールフレンドから聞いたのですが、あなたは映画俳優だそうですね。あなたの演技があなたの料理とおなじくらい優秀なら、一見の価値があるにちがいありません。

よいお仕事を！　Mより」

もちろん、お料理の本ですから、レシピも山ほど。オードブル、サラダ、スープ、シチュー、メインコース、パスタにピザ、パンもいろいろに、デザートもいろいろ……。

お料理の名前がまた、ふるっています。

・ポール・ニューマンのトマトとエンダイブのサラダ。
・ロバート・レッドフォードのメキシコ風ラム料理。
・ウーピー・ゴールドバーグのビーフ・リブ。
・ハリー・ベラフォンテのポーク、アップル、ヤムのサラダ。
・ホッツのチキン・マリナーラ。
・スーザン・サランドンのリゾット。
・長く暑い夏のためのレモネード・トルテ。
・ジュリア・ロバーツのフレッシュ・ピーチ・クリスプ。

＊

あまり食欲のない夏の日にも、ぱらぱらページを開けて見ているうちについ読みふけり、ちょっと作ってみようかな、という気になるところが不思議です。

でもちょっとご用心。外国のお料理は、まず材料が、日本のものとはまるっきりちがいます。呼び方も、見当のつかないものがあります。量も、私たちからみれば、かなりのものです。

そんなこんなで、よほど経験のある方でないと、そのままおなじお料理はなかなかつくれません。

しかし、それを承知でひろい読みして、あなたご自身のレシピになるように楽しく挑戦なさってみませんか。その価値は充分にある本です。

九月の章

パリのきのこ

パリの人は、よほどシャンピニオンが好きなのでしょうか。

朝市には、シャンピニオンだけを売る店に行列ができて、どうなるかと心配になるほどのきのこの山が、おひるごろには、なくなってしまいます。

シャンピニオンのソース、シャンピニオンのパイ、ギリシャ風にトマトをつかったオードブル……。

でも、私の好きなのは、生のシャンピニオンのサラダです。いつのまにか、自分のお料理のようなつもりになっています。

材料も、いともかんたん。白くて新しいもの、それをえらぶのがコツです。

相棒はハムです。

シャンピニオンは、かさごと薄くきざみ、ハムもおんなじように薄く、長めの短冊にきざみます。

シャンピニオンとハムの分量は、半々かハムが三分の一か、目できめます。どちらにしてもオードブルか箸やすめで、山のように、というものではありません。

きざんだ二つを手早く合わせたら、レモンをしぼり、それだけです。お塩もコショーもいりません。

色どりよく、シャンピニオンの切り口の白さをひきたててくれるハムが、お味の上でも引き立て役で、ほんの少しほしい塩気と脂気をおぎなって、きのこの味をたててくれます。

ですから、この場合は上等のロースハムなら申しぶんありません。

私は、いつも、これを帆立貝の貝ガラに盛ります。はじめてこれに盛ったとき、どの器よりおいしそうに見えました。

白いお皿の上に、すべらないように白い紙ナプキンを折ってしき、貝のお皿をのせます。シャンピニオンらしい、品のよいテーブルになるのが、うれしいのです。

ちびた万年筆

住井すゑさんを、茨城の牛久沼《うしくぬま》のほとりにおたずねしたときのことでした。なにのことからか、お話が、万年筆になりました。

「これウォーターマンです。たしか昭和二年か三年ごろに買ったもので、もう四、五十年も使いつづけたわけね。

非常に太く書けていいと、主人が買ったのです。主人はこれで原稿を書いていました。大きな翻訳もやっていましたから、何千枚書いたかわかりません」

とおっしゃって、その万年筆を両の手に持って、大事そうに手のひらでなでながら、住井さんのお話はつづいてゆきます。

黒かったエボナイトはもう色あせてしまって、茶色っぽい、ようかんのような色をしていました。

胴には細長い金具がついていて、それを、つめで起して直角にすると、中の、インクの入るゴムのチューブを押すことになり、ペン先をインクビンの中に差しこむと同時に、そのバネをもどすと、インクが入る式の、古い型のものです。

「主人は、昭和三十二年に亡くなりました。そのとき、この万年筆を遺骨のそばに置きました。そんなに主人が大切にしていたものでした。

その頃、私は、イギリスのオノトを使っていましたが、なにか書きづらかったのです。『橋のない川』の構想をまとめ、書きはじめるにあたって、今度の小説は長々と書くことになるけれど、一本のペンで書きとおしたい、と思いました。

どんなペンがいいかしら、とさんざん考えているうちに、ふと、遺骨の前に置いてあったこのウォーターマンに、気がつきました。

私はハッとしました、これで書こう。そして『橋のない川』を十六年書きつづけてきたのです。そのあいだじゅう、なにか主人がついていてくれる、主人が書かせてくれている、そんな思いがしていたのです。

そうね、『橋のない川』だけでも、原稿用紙にして一万八千枚書きました。私は書いては捨て、書いては捨てる方で、無駄を出すので、仕上ったのが五千枚でした。その他、雑文も、

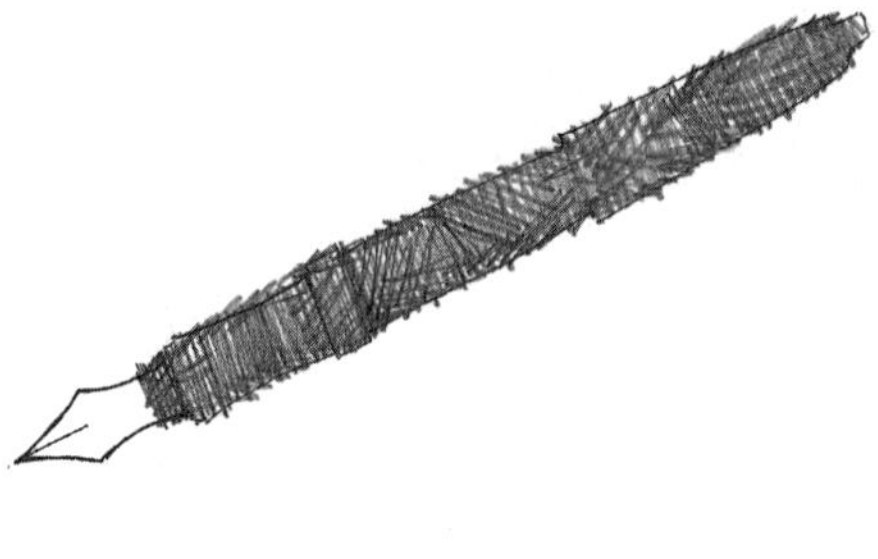

手紙も、みなこのペンでやってきたのです。

いまはもう、中はダメになりつけペンにして使っています。インクにペンをつけるとき、つぎの考えが浮かび、ペンにインクをつけていることが、私の呼吸なのです。まだインクがついていて書けても、ある段階にくると、つけなければ気持が承知しないのです。

ほら、もう白金がほとんどすり減ってしまっているでしょう。胴のところにあった、地紋のような模様も全部消えて、サックにわずか残っているのです。

そんなわけで『橋のない川』は、このペンのあったおかげで書けたような気がします。

この万年筆は、ちょうど盲さんの杖とおなじ、私の分身ですね。右手がなくなっても、これがあれば、原稿が書けるような気がします。

私にとって、いま一番大事な財産で、これさえあればなんにもいらない、そんな気持です」

住井さんは、まだ両の手に万年筆を大事そうに持っては、テーブルの上におき、また持っては、テーブルの上におき、していらっしゃいました。

窓ごしに見える木立が、牛久沼から流れるモヤにつつまれ、対岸に、いつの間にか灯がともって、夕暮れどきになっていました。

赤いエプロン

夕陽が沈むまえのほんのひととき、東の空には、もう夜の星が光り出す、美しい時間です。

昼間のあわただしい時間が終って、夕食の仕度をはじめる前の、二、三十分、「夕方を見に」家々がならぶ道を、あてどもなく歩きます。

私が大好きな時間です。

家が軒をつらねている細い道を歩いていくと、向こうから、犬を散歩させてくる女の人がいます。

髪がほとんど白くて、どちらかというと、小さな方です。

なんでもない青いTシャツに白い短めのズボン、それに真っ赤な胸あてのついた、木綿のエプロン。

なんて美しい赤、と感心しながら、いっしょの犬に目が移りました。小型のベージュ、雑種のようです。そして真っ赤な胴輪と引き綱をつけています。

赤い引き綱は、その女の人の手に握られ、真っ赤なエプロンにつながっています。なんでもないことなのに、その赤の色の量と配分がなんとも見事で、思わず足をとめてしまいました。

「赤いエプロンがとってもお似合い……、ワンちゃんもすてきです」

と、つい声を、かけてしまいました。その方は、一瞬、はずかしそうな、びっくりしたような顔になりました。

「あ、これですか、還暦のお祝いにって、孫がプレゼントしてくれましたの。でもその頃はとても恥ずかしくて、こんなエプロン出来ませんでしたから、タンスの底に眠らせちゃって。

この間、整理していたら出てきたものですから、ちょっとかけてみたら、大丈夫、もう恥ずかしくなんかないって思えたんです。

年をとったら、なにか赤いものを身近におくと、いいのだそうですね。

それからは、ツメを赤くエナメルでぬってみたり、赤いスリッパにしてみたり、していますが、赤いエプロンもいいアイデアと思って、あらためて孫に見せたら、似合う、と言ってくれました。

それで、この犬も、もう八年生きて、人間でいえば還暦を過ぎたんじゃないでしょうか。この間、ペット屋さんで、この赤い引き綱を見つけたので、すごくうれしくて、買ってやったんです。それで今日、はじめてペアスタイルで出てきたところです」

私が、お話をうかがっている間、犬はちょこんと道のはじにおすわりをしていました。夕陽はすっかり沈んで、街灯がつきはじめました。

ジンジャー・リリー

コンビニエンス・ストアのカウンターで、お財布をとり出そうと、抱えていた花を置きました。

「あ、ジンジャー」

と、レジにいたその店のおくさんが、つぶやきました。

ほころびかけた蕾から、香りがたちのぼっています。

「大好きなんです。この間、買おうと思ったんですけど、両手がふさがっていたので、あきらめました。やっと買ってきました」

「一本、挿しておくだけで、店じゅう匂うんです。お客さまも、何の香り、すてきね、とよろこんで下さってね」

おくさんの隣りで、品物を袋に入れながら、ご主人もおっしゃいました。一本差し上げようと包装紙をあけると、さらに香りがひろがります。

私は、香りと白い蕾の美しさにひかれて、駅の構内の花屋さんから買ってきました。閉店間ぎわで、少しお安くなっていました。

「まあ、うれしい。帰るときはお花をジュースかビールの冷蔵庫に入れておいて、朝、来たらまた出します。けっこう保ちますよ」

　緑色のやや太めの茎の先に、蕾が三つほど。蕾のうちは、ちょっと淋しげなのに、開くと大きな花びらです。

　朝と晩、水をとりかえて、五日ほどのあいだに、つぎつぎと開いて、部屋じゅうに、ゆりの花より、もっと濃厚な香りをただよわせてくれました。

　姿も香りもエキゾチックな、この花のルーツを知りたくなりました。

　原色園芸植物大図鑑には、

「しょうが科　シュクシャ属インド、マレーシアなど熱帯アジア原産の球根植物。一八五六年以前に渡来しており、花壇、切花に用いられる。

　高さ二メートルぐらい。葉はカンナに似ており長さ二〇―六〇センチぐらい。花は純白色で、強い芳香がある。……」

　と記されています。英名はジンジャー・リリー。

　ルーツを知っていっそうジンジャーを好きになっています。

雨の日のたのしさ

　雨の日の方が仕事がはかどるという人がいます。際限もなく空からおちてくる雨脚に向って傘をつきつけ、水たまりをとぶように越えて目的地へ急ぐ、その抵抗感が爽快なのよ、といいます。

　雨が降り出すと、外へ出てみたくなる人と、内へ引っこんでいたくなる人と……それはさまざまですが、雨の日は、さすがに、自然はきれいです。

いつもはほこりまみれだった石だたみは洗われて、くろぐろとし、秋の落葉がその色どりになっています。

水たまりには、建物が、おもしろくうつり、その建物自身が雨で洗われて、ぬれ色に、にぶく光っています。街路樹も、色づきながらも、ひと息ついているようです。雨にけぶる町は、絵です。

それに、色とりどりの傘のむれ、むかしは女の人でも黒い傘でした。いまはどうでしょう。美しい傘は、雨の日の、花なのです。

＊

夜は夜で、雨の町は、ネオンがにじみ、アスファルトに色の曲線が揺れて流れています。

雨の日に、一度、思い切って雨の町に出てみませんか。喫茶店でのむ熱いコーヒーが、いつもよりずっとおいしいような気がするのがフシギです。

メキシコの花嫁衣装

「はい、おみやげよ」

と、この夏メキシコに行った友だちから、木綿糸で織った、袋のようなものをいただきました。

「アカプルコで、夕暮れの野外劇場でオペラを見ていたら、プリマドンナが、とてもすてきな白い服を着ていたの。翌日、町の大きなブティックで、それと同じ服をみつけました。きいてみると、それはなんと、花嫁衣裳でした。

完全な直線裁ちで、おねだんも、あまり高くないのです。そのとき、なぜかしら、あなたのお顔がフッと頭に浮かんで、思わず、同じものを、あなたと私のと二つ買ってしまったの」

と、その人は、たのしそうに話してくれました。

布地は、タコ糸を少し細くしたような白糸で、ザックリ織ってあります。胸の部分には、幅1センチあまりの白い繻子《しゅす》のリボン、脇にはレースが二重についていて、はなやかな感じにしてあります。エリぐりは大きくあいて、ちょっとみるとポンチョのようなかたちです。

*

ゆうべのことでした。突然このおみやげの花嫁衣裳を思い出し、誰も見ていないのを幸いにそっと着てみたのです。

この年の私が、とてもすてきに見えるのです。うれしくなって、白い大きなイヤリングをしてみました。もし、白い花でも頭につけたら、もう、だれにもひけをとらない花嫁さんです。

ひざまでの丈で、足が気になったので、白い絹のパンタロンをはいてみました。ちょっとすまして部屋の中を歩き、姿見にうつしたり、鏡台の前にすわったり、自分で、自分にみとれてしまいました。

一度も花嫁衣裳を着たことのない友だちが、一度も花嫁衣裳を着たことのない私に、こんなたのしいときをくれました。

列車の中で

ある土曜日の夕方のことでした。

上野駅で、長野行きの〈あさま33号〉に乗りました。この夏は雨が多く、曇りの日がつづきましたが、その日は晴れ上がって、久し振りに夏とも思える日でした。

発車寸前に、飛び乗りという感じで、お元気そうな女の方が大きな荷物を持って、ホッとなさったように私のとなりに座られました。ジーンズに、胸に、赤やグリーン、紫の、花のような、字のような可愛い模様のあるTシャツを、たのしげに着ておられます。

列車は、大宮をすぎ、都会の風景の中から逃げ出し、田園風景の中を走ります。

久し振りに空は夕焼けで、雲に太陽が当たっているのでしょう、美しいピンク色です。そして森や林や小高い丘は青黒く、田はもう暮れていて、薄やみのなかで稲がゆれています。

雨つづきのあとなので、晴天はしみじみいいものと、うっとり風景に見とれていました。

検札がきました。車掌さんは私の切符とおとなりの方の切符を順に見て、

「中軽井沢ですね」

といいました。偶然、同じ駅でおりる方とわかって、急に親しみがわきました。

「ごいっしょの駅ですね」

と、声をかけたのがきっかけで、つぎつぎお話がつづきました。その中で、とても素晴らしいお話をうかがったのです。

「私、いくつに見えますか」

「とてもお若い感じ……」

「でも、とっくに五十をすぎていますのよ……。

……こうしているのも、友だちがとてもいいことを、教えて下さったからなの……それは、〈今日が、私の一生で、いちばん若い日〉ということです。たしかにそうなの、そう思うとふしぎに力が湧いてくるの……。

それから朝起きるたびに『今日は私の一生で、いちばん若い日なのよ』と声を出して自分にいいます。すると何だか、ほんとうに元

気がわいてきて、一日が充実するんです。今日という日を、私のいちばん年とった日……と思いがちな私たち。でも、明日がありますす。それなら、今日はいちばん若い日なのです」

＊

あれから小一月《こひとつき》たちました。

私も、あのお話をきいてから「今日が私の一生で、いちばん若い日なの」と、朝どころか一日に何回も、思うことにしています。

そうすると元気がでて、なにか軽やかになってくるのです。

私の人生にも明るさが増したようです。

いいお話でしょう。一人でも多くの方にお知らせしたいと思っているところです。

あなたもどうぞ、今日がいちばん若い日、と思って下さい。

ギリシャのパイ

アテネから船で五時間、エーゲ海の小さな島につきました。

からだをひたすと、そのまま藍の色にそまってしまいそうな紺青の海でした。

岩壁にかこまれた港の広場にはり出した、色とりどりのキャフェの日おい。その日おいの通りをぬって、バスは約一時間、家々が洗ったように白い村につきました。

まがりくねった、細い道の両側に立ちならぶ家々の壁は大理石です。どちらを向いて歩いても、ものの五、六分で村はずれに出てしまう小さな村でした。

ブルーに塗ったドア、赤い窓の日よけ、茶色の手すり。どの家にもブーゲンビリアの花が、輝くばかりの白い壁を背にして真紅に咲いています。

＊

ふと、いいにおいがしてきました。レストランはみあたらず、どこかの家からでした。

バスの停留所にもどって、道をへだてた休憩所で、ごはんがたべたいと、これは、手まねで伝えました。

おばさんが、濃い蔭を作っている庭のぶどう棚の下にテーブルをこしらえてくれました。テーブルクロスがかけられ、ナイフとフォークがでてきたところをみると、どうやら、おひるごはんが頂けそうです。

この白い村でめぐりあった、おひるのごちそうは、白いお皿にのった四角いマカロニパイ。トマト、きゅうり、ケパーズ、黒オリーブ、アンチョビのサラダ。パンに冷たい水。

最後に、どろりとした濃いコーヒーをはこんできたおばさんは、そばのいちじくの木から黒く熟した実をもぐと、そのままお皿にのせて、持ってきてくれました。

ほんとに、言葉が通じないのはもどかしいことでしたが、おばさんのマカロニパイはギリシャで一番、どのレストランのパイよりおいしかったと、私は手まねをまじえて、日本語で言いました。

おばさんはおばさんで、ギリシャ語で――それはよかった、それはよかった――と言っているようでした。

＊

ギリシャじゅう、どこへ行っても出される太いマカロニのパイ。是非おぼえたくて、作り方を宿屋の奥さんに聞きました。

おいしかったこのパイは、これからの秋のメニューには、もってこいのお料理のような気がします。

フライパンに、バタ大サジ1杯分をあたた

め、牛と豚半々のひき肉3百グラムと、玉ねぎ大きいのを1コみじんにきざんで入れ、いっしょにいためます。

火が通ったらカップ1杯の水を加えて、グツグツ煮て、水がなくなったら、塩を茶サジ1/2杯と、コショーと、シナモン茶サジ1杯、白ぶどう酒カップ半杯入れて、三分ほどふたをして蒸します。

つづいて、トマトピューレカップ1杯と、お砂糖を茶サジ1杯、それにパン粉を大サジ1杯ぐらい入れて、みんなまぜ合せて、水気がなくなったら火からおろします。

一方、長さ5センチぐらいの太いマカロニを3百グラム、塩一つまみ入れた湯でゆでて、水をきったら、フライパンに、大サジ山1杯のバタと、大サジ山1杯のブルーチーズをとかし、ここに入れて、いためます。

天火皿、流し箱のような形の入れものに、まずマカロニをしき、粉チーズをふって、いためたひき肉をのせ、またその上にマカロニをならべます。

玉子を2コ、黄味と白味にわけて、黄味をとかし、白味は少し泡立つぐらいにかきまぜて、両方あわせて、バタを茶サジ2杯ほど、とかして加えます。これを、マカロニの上に、すっぽりおおうようにかけ、天火に入れて、表面がこんがり、きつね色になるまで、焼きます。

切りわけていただくわけですが、材料からもわかるように、たっぷりのお料理です。

蛇足ですが、この中で、シナモンとブルーチーズがそろわないことがあるので、抜いて作ってみました。マカロニをいためるとき、塩を、ブルーチーズの味くらい、二つまみほど加えたら、そんなに違わない味に出来ました。

芭《ば》蕉《しょう》布《ふ》の里

前から、沖縄に行ったら、芭蕉布を織ってい るところに、行ってみたいと思っていました。 こんど機会があって、この芭蕉布を織ってい る村をたずねることができました。

むかしは、それぞれの家で芭蕉を植え、センイをとり、模様を決めて、家じゅうの夏着をこしらえました。

いまでは、沖縄でも二カ所くらいで織られているにすぎません。やがては、本当に織られなくなってしまうのではないか、そう聞かされました。

手に持つと、麻に似ていながら、もっと繊細なしっとりした感触があり、ひんやりとして、むし暑いこの土地には、よくあった着物地だったのでしょう。

*

芭蕉布を織っているのは、那覇市から、バスで三時間半ほど北へ行った、大宜味村《おおぎみそん》喜如嘉《きじょか》という小さい部落です。

ちょうど鉄砲百合の季節で、バス道路にせまる崖には、百合の群落が、それこそ、こぼれ落ちそうに咲いていました。海の色は、澄んだるり色で、なぎさには、淡紅色の花がふちどるように咲いていています

名護《なご》をすぎると、急に緑が濃くなるのは、沖縄の北部が戦場にならなかったためで、戦前の沖縄は北から南まで、まっ青な島だったと人々は話していました。

喜如嘉の部落は、るり色の海に面した、ひときわ深い緑につつまれたところでした。ふくぎという、黄色い染料になる木立が家々をとりかこんでいます。芭蕉布織りに精魂かたむけている平良敏子《たいらとしこ》さんの織り場は、すぐみ

つかりました。

芭蕉林が目じるしでした。二十代の娘さんが三人、四十代のベテランの織り手が二人、機にむかっていました。他にも、かすりを織り出すために糸をしばる作業、かすり模様に合せて糸を組み合せる作業をするおばさん二人がいました。

平良さんはリーダーで、みんなの世話をやきながら、自分も織るのです。

＊

芭蕉からとったセンイは、木綿とちがって実に切れやすく、しかも、もつれ合います。それをなだめ、すかしながら織って行くのですが、糸が切れるたびに、糸をつなぎ、もつれをただし、スムーズに、タテ糸にヨコ糸が入って行くのは、ものの数分です。もつれ、切れがすぐやってきます。

それでも織っている人は「ほら、生まれてきましたよ」と、かすり模様が出来たのを、うれしそうに告げてくれました。

「雨が降ってくれれば」とも願っていました。雨の日だと、いくぶん、糸がしずまるのだそうです。ふつうに織って、かすりで七十五日、こまかく手のこんだのになると、二百日以上も一反上げるのにかかります。

織り上げると、さらに一日かけて煮て、やわらげます。板のようにぱんぱんしたのが、いくらか、おとなしくなります。これをたたんで、おもしをかけ、肌になじむように、やわらげます。

女の人の忍耐心と根気を試すような芭蕉布織りです。織るということにかけては、一番不向きな性質の糸のように、私は思いました。

それを根気で、ためて、ためて、ならしてならして、布にしてしまうと、こんどは、これ以上涼しく、肌ざわりのいいものはない、という布に、変身してしまうのです。

*

織り上った反物を、平良さんはしばらくの間、手放すことが出来ず、抱いているそうです。そして一反織り上げると、次を織ることが出来るのだろうか、と、そう思う、それほどつらい仕事なのです。

平良さんの足には、大きなしみがありました。藍の色が、しみついたのです。小柄な人ですが、芭蕉布にきたえられた強さが、どこかにひそんでいる人です。

それでも、ときどきつらくなって、もう織りたくないと思うのですが、アメリカに留学している息子さんに、

「世界中で、お母さんたちだけがやっている仕事じゃないですか」

と手紙でいわれたりすると、思い直して、また、機にむかうそうです。

レモンサブレ

なんとなく秋めいて、気分的にもゆったりとした日が戻ってきたようです。こんなときには、だれかを誘って、いっしょにお茶の時間でも、と思ったりします。

そうそう、久し振りにあの仲良し三人組はどうかしら……。

旅行をしたり、映画を見たりするときに声をかけあう仲間ですが、暑かったあいだは、ずっとごぶさたをしていました。彼女たちに、家に来ていただこう。そうしよう。

そうと決まったら、ちょっとがんばって、サブレでも焼こうかしら。

レモンサブレがいいわ。

アーモンドの粉をたっぷり使い、それにレモンの皮をおろして混ぜ込んだ、シンプルで爽やかなサブレ。

＊

作るには、材料を順々に混ぜていけばいいのです。

まず、無塩バタ百20グラム、室温で柔らかくしておきます。これをボールに入れ、泡立器で少し白っぽくなるまでよく混ぜます。ここに塩ひとつまみ、それに粉砂糖を大サジ3杯（60グラム）加えて、さらによく混ぜます。

玉子の黄味を1コ混ぜこみます。

レモンの皮を1コ分、おろしながら加えます。香りがたってきます。

ここに、アーモンドの粉をカップ1杯強（百20グラム）、ザルを通してから混ぜます。つづいて小麦粉をカップ1杯（百グラム）、ヘラでサクサクと混ぜます。これで材料が全部入りました。

材料がボールの中で、ひとまとめにまとま

ったら、バットに平らにならして、そのあと一度冷蔵庫に入れて、小一時間ほど冷やします。

冷蔵庫から出したら、生地を二十等分して、一個ずつ丸めます。これをまた冷蔵庫にちょっと入れて、生地を落ち着かせます。

オーブンを百70度に予熱しておきます。

天板にクッキングシートを敷き、この上に、丸めておいた生地を、ちょっと厚めの楕円形や、馬蹄形、三角形など好みの形にして並べます。

これをオーブンに入れて、二十分ほど焼きます。

焼けたら、サブレが熱いうちに粉砂糖の上をころがして、たっぷりとまぶしつけます。

＊

お砂糖の甘さ、さっくりとした口当り。レモンティにも、ミルクティにも、よく合います。

さあ、さっそくみんなに、電話をかけることにしましょう。

孤島のポスト

ダーウィンが『種の起源』を著わすきっかけとなった、ガラパゴス諸島。その自然や動植物の観察ツアーに参加する機会に恵まれました。

草地のくぼみで草を食む巨大なゾウガメ、浜辺の木陰で集団で昼寝をするアシカたち、水かきの先まで空色のペンキを塗ったようなアオアシカツオドリ。真っ赤な胸のフクロをパンパンに膨らませてメスの目を引こうとするオオグンカンドリ。頭の先から背中まで、イガイガとさかの面妖な風体なのに、丸い目がねむたそうなリクイグアナ……。

でも、生き物たちの楽園のように見えるこの島で、私たちは人間の身勝手さを目のあたりに見ました。

発見から数年で、近海の鯨目当てに世界じゅうから捕鯨船がやってくるようになり、諸島の名前になるほど沢山いたカメたちは、何百頭単位で船に積み込まれ、船員たちの食料にされたのです。

その結果、カメが絶滅してしまった島まであるのです。アオメバトも同じ運命でした。

＊

しかし、そんな身勝手な人間の末裔である私も、フラミンゴを訪ねたフロレアナ島では、楽しい夢を見させてもらうことができました。

捕鯨基地のあとが残る場所に、朽ちかかったビール樽のポストが立っています。昔の船乗りたちは、そこに故郷の家族への手紙を投函し、先に帰国する船の誰かがそれを持ち帰って、宛て先まで届けたそうです。

そのポストが代々引き継がれてきて、世界じゅうから観光客がくる今は、そこを訪れた人は樽のなかの絵葉書などを持ち帰って、切手を貼って投函してあげるというしきたりが出来たのです。

私も、自分宛ての絵葉書を残し、アメリカ、ロンドン、メキシコと、宛て先の国名がはっきり読める三枚を預かって帰国。郵便局で切手を買い、隙間にこちらの住所を書いて投函しました。

アメリカ、ソルトレークシティ宛ての絵葉書は、五人の子どもたちから両親へ宛てたものでした。

私が置いてきた葉書は、無事に日本まで届くでしょうか。どんな人が投函してくれるのでしょうか。

スーツケースを片付けながら、島で出会った動物たちを思い出し、胸を躍らせているところです。

十月の章

洋梨を焼く

風邪にとりつかれて、のどが痛くて咳がとまりません。クスリがわりに温いおそばでもいただこうと、中国料理店にいきました。

そこは、ご夫婦と若い男の助手だけでやっている小さいお店です。

席につくとお皿が一つ出ました。

「のどの痛みと咳によい特効薬をつくってみましたので、お試しになって……」とサービス係の奥さんがいいます。予約の電話の声が、風邪声だったからでしょう。

お皿にはアルミホイルにつつまれた何か。アルミホイルを、少しあけてみました。上のほうにジュースがにじみ出ています。

「そのジュースが、かぜに効き目があるんですよ」

いただくと、なんともいえない優しい甘さと香りが口の中にひろがって、ほんとにのどをうるおしてくれました。ありがとう。

なんと〝特効薬〟の正体は、洋梨でした。

〝良薬口に甘し〟

あんまりおいしい〝お薬〟でしたので、作り方をうかがいました。

固い洋梨の上（軸のついているほう）をすこし切って、中心にナイフを入れ、芯を少しくり抜きます。そこに氷砂糖と、コアントローなどのリキュールを数滴たらします。

アルミホイルにつつんで、2百50度のオーブンに約一時間入れます。

焼き加減は、アルミホイルの上から押してみて、柔らかければ出来上がり。まだ固いようなら、もう少しオーブンに入れます。

この〝特効薬〟、友人の風邪ひきさんにも、すぐ教えてあげました。

かぎ針のプーサン

小さいこどもたちが来たので童話の『熊のプーさん』をよんで聞かせていました。そのなかの一人が突然いいました。

「プーさんつくって」

きっと、縫いぐるみのプーさんがほしくなったのでしょう。さてどうしたものかとおもいましたが、毛糸の編み残りがたくさんあるのを思い出しました。早速引っぱり出してきて、絵のプーさんをみながら、かぎ針で顔から編みはじめました。

「おハナが上向いてるよ」

「お耳が大きすぎるみたい」

こどもたちが、いろんな注文を出します。

かぎ針ですから、行くのも戻るのも早いのですが、ぐるぐるぐるぐるぐる、ちぢめたり、ふやしたりして編んでゆきます。まっ赤な舌を編みつけて、しっぽの先まで編み終ったら、もう夕方になってしまいました。

たった一本のかぎ針と、残りの毛糸で、プーさんでも、ペンギンでも、ネコでも、ぐるぐるやっているうちに、生れてきます。

こどもたちは、みんな大よろこびしてくれましたが、わたくしも、久し振りに童心にかえって、なんだかとても愉快にすごせて、こんな時間も、大切だとおもいました。

小さな花入れ

この頃、小さい小さい花器にこっています。といっても、新しいものを買ってくるのではなく、うちにあるもののなかから、器とお花が引き立てあって、すてきに見えるものをさがし出すのです。

例えば、ガラスのミルクピッチャー、ひと り用の小さいものは、どんなお花にも合います。そして、お花はほんとに一輪か二輪だけ。

パンジーとかビオラ、ペチュニア、矢車草、コスモスなどの草花は、盛りをすぎた花を、こまめに摘みとってやらないと、つぎつぎと新しい花を咲かせてくれません。

そこで私は、一足はやく摘んで、それを生けます。そうすると、ほんの1センチか2センチの小花でも、群れて咲いていたときとは、べつの色や形の美しさのあることに、気がついたりもします。

大きな花瓶に生けてあったお花がしおれたとき、そのなかに一輪でも元気なものがあれば、さっそく小びんに。なにしろ小さいものですから飾るところはどこでも。食卓、キッチン、寝室、トイレなど。

その気になってみると、花器にはいろんなものが使えます。ぐいのみやお猪口には、葉っぱだけさしても趣きがありますし、化粧水のサンプルの小さい色つきビンもなかなか。ちょっと時代遅れな小さなワイングラス、スパイスのあきビン……。

中国旅行のお土産にいただいた、焦茶色の陶器の水滴は、ピンクや紫のビオラや、春のクリーム色のモッコウバラにもぴったりでしたし、北欧のお土産の濃いブルーのガラスの小壺、本来はキャンドル立てですが、一、二輪ずついろんな小花を集めてさすと、お花の色をぐっとまとめてくれる力があります。

新しいものを見つけるたのしみ、花の美しさを発見するたのしみ、だんだんお花が少なくなっていくこれから、いかがでしょうか。

シャネルのことば

人間は誰でも年をとります。

「おしゃれだった人が、会うたびに同じカーディガンとスカートなので、気になるの」ということを聞いたりします。

前の晩に脱いだ服を椅子に置き、翌日、ついそれを着る、次の日もまた……となるのでしょうか。

あるいは、服をしまうのも面倒、何を着るか、どう組み合わせるかを考えるのも面倒、ということで、同じ服になってしまうのでしょう。

どっちにしても、着るものに、小さな手間をおしむようになったら、それは年に負けたしるしです。

毎日、着る服を取り替えること。その手間は怠らないで。

昨日はベージュだった。

今日はピンク。

明日は緑よ。

と考えるだけで、たのしいではありませんか。人間、おしゃれを忘れたらおしまいです。

シャネルのお店でのこと。お客さんの、あるマダムが、

「もう盛りをすぎたわ。死ぬまで着られるような服をつくって」と頼むと、シャネルは、

「年をとった女の人こそ、流行の中にいなくてはだめ……。

女の人は、時代といっしょに年をとってゆくべきで、自分の年齢といっしょに年をとってはいけません」

と言ったという話を、思い出しました。

「年をとった女の人なんて、もういないのよ」とも……。

むらさきの菊

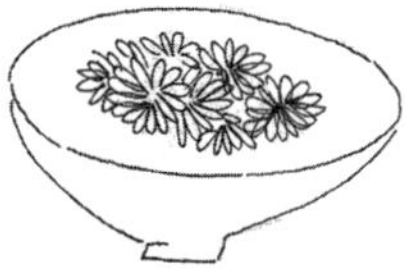

いつか、めずらしい、むらさき色の菊の花のお浸しをご馳走になりました。

白地の小鉢に盛って出されたとき、思わず、きれい、と感心しましたが、紫の菊の花がたべられるのかしらと、ちょっと心配になっていました。「とてもおいしいですよ、召し上ってごらんなさい」とすすめられるままに、おそるおそる口に入れてみましたところ、ほんとにおいしいものでした。

香りがよくて、シャキシャキして、なんともいえない甘みがあって、食用菊よりも、ずっとおいしいとおもいました。

永年、お花の先生をしていらっしゃる方のご馳走なので、いちいち教えていただいたのですが、菊の花は、食用菊でなくても、たいてい食べられるので、生花でたのしんでから、葉が少しわるくなって、花がまだいいうちに、芯の方はにがいからやめて、長い花弁だけをむしってゆでるといいそうです。

ゆでるのは熱湯で、二、三分ゆがいてザルにあげ、水につけないで冷ましてから、水気を切って、おひたし、三杯酢、胡麻酢あえ、お吸物、なべものなどに使うそうです。

早速やってみました。一つ思いちがいをしていたことは、ゆがいてしまうとカサがすくなくなって、ほんのちょっとになってしまいましたから、おいしいけれど、これはずいぶんぜいたくな、ご馳走です。

夕暮れどき

夕暮れです。

昭和通りの新橋近くで、私はタクシーをひろおうと思って、立っていました。

タクシーの一番ひろえない時間なのです。向う側に、背の高い黒い背広の外国人が、カバンを持って立っています。見ていると、その外国人は、人の乗っているタクシーに、つぎつぎ手をあげています。空車は赤いランプをつけている、ということを知らないようです。

腕時計を見ています。

あの方向では浜松町のモノレールに乗るのか、羽田空港へ行くのでしょうか。気のせいている様子が遠くでもわかります。

そこへ、女の人が二人、仕事の帰りのようです。やはり、タクシーをひろうようです。

サァ大変、外国の人はどうなるでしょうか。

やっと築地の朝日新聞の方向から一台、空車がきました。女の人たちが、サッと手をあげて車をとめました。

女の人たちが乗りこむとばかり思っていましたら、その人たちは、外国人を手まねきしました。

ころがるように走ってきて、外国人はその車にのりました。車は浜松町の方へ走ってゆきました。

ホッとして見ていたら、そこにまた空車が来て、やさしい二人はそれに乗って、やはり浜松町の方にいきました。

私の行く方向には、まだ空車が一台も来ませんでしたが、それでも、なんだか、しあわせでした。

わかれ

パリへ発つ友を、見送ってきました。三十も半ばすぎたその人は、ひとり身という条件を生かして、ヨーロッパへ勉強の旅を思い立ったのです。

旅といっても、かなり長くなりそうで、まず言葉をおぼえ、アルバイトをしながら、学校へ通い、社会福祉関係の勉強を深めてきたいというのです。

はじめて、その計画をきいたとき、私は大賛成しました。自分の生活をたてるために、これまで、マスコミ関係のアルバイトをしていたのですが、思い切って、別の環境に自分を投げ入れることによって、本来の専門の仕事をとりもどしたい、というのです。

心のやさしい人なので、友だちも多く、見送りはにぎやかでした。

ふだん着のまま、せいいっぱい手をふって、機内に吸いこまれていった友を見とどけて、私は空港を出ましたが、なにか、涙が出てしかたがありませんでした。

仕事を手伝ってもらったことも多く、そのほか、買いもの、食事、ちょっとしたおしゃべりや討論、病気のときのいたわりあい、世の中のことについてもいっしょに心配し、……そういう間柄でした。

＊

若いあいだは、つぎからつぎと、日を重ねるほど逢う人が多くなり、ともだちも増えて行きます。けれど、ある時期から、わかれのほうがずっと多くなっていきます。

さらに年を重ねれば、ただ遠い外国の旅立ちのわかれでなく、ほんとうのわかれが、いくつもいくつもやってきます。

肉親、おともだち、知人、さまざまな、深いきずなでつながっていたひとびとのわかれ、決して、もう会うことのないわかれがやってくるのです。

それは、どんなに悔いのない間柄であっても、いえ、そうならばなおのこと、くるしくつらいものです。

＊

いつもの、二人でコーヒーをのんだ喫茶店で、私は平常の心をとりもどそうとしました。私たちは生きているかぎり、誰でもが、こういうわかれをいくつも知らなければならない、そして年をへて行くのだ、と自分に言いきかせていました。

そして、いま、つながりのある人たちを大切に、大切にしながら生きてゆかなくては、と、とても大切なことに気がつきました。

一杯の水

私の乗ったのは、ソ連のアエロフロートのヒコーキです。成田を発って十時間ちかくかかってモスクワにつき、そこで燃料を補給したあと、最終目的地であるローマに向うというコースをとります。そのヒコーキの中で、こんな小さな出来事がありました……。

イタリアに行ったともだちから、こんなお手紙をいただきました。

＊

間もなくモスクワに着くというアナウンスがあって、シートベルト着用と禁煙のランプがつき、着陸態勢にはいりました。ちょっとした緊張と、やっと着くというほっとした気持が入りまじったときです。

機体の高度が、急に下りました。そのため、機内の気圧が急に変りました。キューンと耳に痛みが走り、私はあわててツバを呑みこみました。

そのときでした、通路をへだててとなりにいた坊やが、火がついたように泣き出しました。ちょうど三歳ぐらい、さっきまでシートにのぼったり降りたりして、元気よくさわいでいた子です。

気圧が変ったら、すぐツバをのみ込む、という、おとなならとっさにすることを、悲しいことに知らないのです。

〝お耳が痛いー、痛いよー〟

と手で耳をおさえ、顔をまっかにしてただ泣くばかり。

若いお母さんも、坊やを抱きしめて、ただオロオロするばかりです。

おとなたちは、どうしてあげることも出来ず、みな、かわいそうで、下を向いてしまいました。

そのとき、私の前にいた黒人の青年が、シートベルトをはずして立ち上り、スチュワーデスのところに行き、コップを手に戻ってきました。

そして、言葉が通じない、その日本人の親子に、身ぶり手ぶりで、

「この水を、急いで飲ませなさい」

とうながしました。

お母さんは、お礼をいうひまもなく、泣き叫ぶ子の口にコップをあてがいました。

坊やは、ばったり泣きやみました。

当然のことをしたまで、というふうに席に戻った青年に、若いお母さんは「ありがとう」をくり返し、私たちもホッとしました。

ヒコーキは無事にモスクワ空港に着陸し、みな席を立って出口の方に歩きはじめました。

ソロソロと前にすすみながら、私も、その黒

人の青年に、目で、本当にありがとう、とお礼の気持を送りました。

小さい日本人の男の子と黒人のジーパン姿、なんとなく機内がほのぼのとしました。

出口のところに立っていたスチュワーデスが、青年が出ていくときに軽く握手をしていたのが、とても印象的でした。

星条旗のような

淡いパステルカラーのエプロンや小花模様のエプロンも、もちろん好きですけれど、一枚、そのエプロンをすると、元気が出て、自然にからだが動いてしまう、そんなエプロンを持っています。

私はそれを〈働きエプロン〉と呼んでいます。

厚手のオフホワイトの木綿地に、まるでアメリカの星条旗のように太い真赤なストライプがタテに走っています。形は胸当てからつづけて一枚になっている、例のエプロン。

真四角で、何でも入りそうな大きなポケットが左右に二つついて、一つはからし色、もう一つはハッとするような鮮かな青です。紐は真赤。

このエプロンをかけて、後ろでキュッと赤いヒモをしめて、両手でポケットをパンパンと打つと、何だか元気が出てきてしまうのです。

赤い色が、私を、ガンバレ、ガンバレと応援してくれるような気がします。この赤に負けないように働かなくっちゃ、という、フシギな気持が起きてきます。

グレイのTシャツにジーンズというようなときでも、このエプロンをしていると、華やかさが出て、どこかちょっぴりおしゃれをしている、そんな感じがします。

これからもずっと、仲よくしていたいエプロンです。

バラ色の人生

地下鉄の電車が動きだすと、歌がきこえてきました。

肩からギターをかけた青年がいま閉まったばかりのドアを背に、少しはにかみながら歌っています。

歌は〝ラ・ヴィ・アン・ローズ〟。パリの地下鉄《メトロ》できく〝バラ色の人生〟

エディット・ピアフを想い出しながら、彼の歌にきき入ります。ピアフも、街を流しながら世に出ていった歌手です。

青年は小柄で細く、まっすぐな黒い髪をしています。

アジアの人です。

学資をかせぐのでしょうか。それともパン代を。歌いたいけれど歌う場所を与えられないミュージシャンでしょうか。それともボート・ピープル……。

彼はピアフを二曲歌うと、帽子をもって、車中をまわります。車内は立っている人が半分くらい。帽子の中に一フラン・コインが幾つかたまります。私もお金を入れました。生できく歌や音楽が好きです。

電車が、次の駅に止まりました。

「メルシ。オルヴォワール」

ありがとう。さようなら。

一駅間のミュージシャン。青年はきちんと挨拶をのこして、おりてゆきました。

鼠坂

道いっぱいの柿の実です。昨夜の雨にたたかれたのか、まだ青いまんま。

柿の実をふまないように、板塀にからだをこすりつけるようにして通ると、そこはもう坂の入口です。私は一年半ぶりに、この小さい坂をのぼろうとしていました。

やっぱり記憶ちがいでした。誰もいないのをいいことに、両手をいっぱいにひろげました。記憶の中の坂道は道幅がせまく手をひろげると、とどくと思ったのでしたが、とどきません。それより十センチほどひろいのです。

よくつまずきかけた穴ぼこもなくなっています。砂利を固めたコールタールが、濡れた石炭みたいに光っています。

何歩とはゆかない右手。

鼠坂　四十八年一月　港区

四角い棒杭に、こうあります。裏側にもおなじ墨文字で、

ねずみざか　細長く狭い道を江戸で、ねずみ坂と呼ぶふうがあった。一名鼬（いたち）坂で、上は植木坂につながる。

思いがけない、いい風が、坂全体を、煙突のように吹きぬけてゆきます。

前に来たときは春でした。ちょうど、この鼠坂と書いた杭の根もとに真白い猫が一匹、両足をそろえて、背中をまるめて坐っていました。まるで作りごとみたいな風景でした。

東京も六本木に近いここに、こんな、ひっそりした坂があるなんて、ウソみたいなこと

なのです。

　その日は、道に張り出した満開の桜にさそわれてきたのでした。おそい午後の陽をうけて、それはあでやかなものでした。

　花の下までゆきました。思ったほどの大木ではありません。その家の垣をめぐると、そのままこの坂の入口に立っていたのでした。こんなところに、忘れられたように、こんな坂がと、きつねにつままれたような気がしたものです。

*

　坂の上に、人影があらわれました。

　鼠坂は、のぼりつめたところで左へ折れて、今度はややゆるやかな植木坂に通じています。坂の木の棒杭には、このあたりに植木屋が多く、それが坂の名の由来だった、と書いてあったと思います。

　人影は、みるみる近づいて、一気に坂をかけおります。

　大柄な、西洋の女の人でした。ランニングシャツにショートパンツ、近くのマンションに住む人でしょうか。大きなズックの靴をはき、ひざを高くあげて、息をはずませながら、それでも「ハロー」と声を残して、すれちがいました。

　また、ひっそりとひとりになりました。

栗名月

　栗ごはんのおいしい季節になりますと、思い出す人があります。その人は、祖母のお友達で、お料理がたいへん上手なかたで、折りにふれて、祖母を招《よ》んでは、ご馳走して下さいました。

ある年の秋、栗名月の宵に、私も祖母のおともで、お相伴いたしました。

その晩のお献立は、栗ごはんを炊いて、松茸の入った茶わん蒸しに、きすのおぼろ和え、こいもと高野どうふの煮もの、穴子を芯に巻いた玉子やきに、梨のごまよごしでした。それぞれにおいしく、ことに、栗ごはんのお加減のよさは、忘れられません。

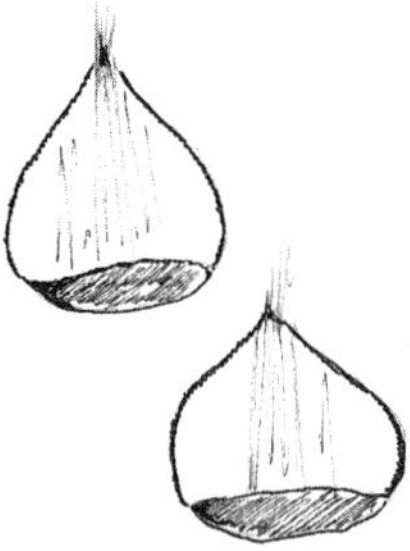

お礼のためにもと思い、祖母の趣味のあつまりがあるので、そのとき「私どもで松茸ごはんを炊きます、是非いらして下さい」と申し上げました。するとその方は、
「おたくのおばあさまと私はたべものの好みが同じで、トシをとっていても、どこそこの、なにをたべにゆきましょう、というときなど、気が合ってたのしみですし、手料理なども、おいしく召上って頂けるので、作り甲斐があってたのしく、二人はいわば味友達なのです。二人とも、ほかの趣味は、それぞれのお仲間があります。親しいお友だちだからといって、なにからなにまで、おつきあいしようとすると、無理ができてしまいますよ」
と、お断りをうけました。
これは、なんでもないようでいて、相手に対しての、たいへんな思いやりだと思いました。

秋のプレゼント

今朝、郵便受けをのぞいたところ、カナダの友だちからの便りが入っていました。「あらっ」と思わず言ってしまったのには、わけがあります。

それというのも、この友だちは、いつもEメールで便りをくださる人だからです。

もらうばかりで、なかなか返事を書かない私に「どうしてなの」とEメールでのお叱り。「だってEメールって、お手紙をもらった感じがしないいんですもの」

という返事を出したのが十日ほど前のこと。それも、へそ曲がりにも郵便で出したのでした。そんなわけで、彼女も航空便でくれたようです。

机のまえにすわり、ゆっくり封を切りました。

すると、たたんだ便箋に、カエデの葉が一枚、入っていました。きれいな赤い葉っぱです。

「……あなたは、メイプルシロップが好きでしたね。この葉は、メイプルシロップを採るカエデの葉です。そちらに着くまでに、この赤い色があせてしまわないようにと願っています。

郵便だと、こういうのが送れるんですから、やっぱりいいわね。

カナダはすっかり秋。こちらは冬が長いので、今のうちにと、毎日お散歩を楽しんでいます……」

やっぱり赤い郵便車、赤いバイクに乗った郵便屋さんがとどけてくれる手紙には、夢があるような気がするのです。

これから冬にかけて、夜の時間がどんどん長くなります。ご無沙汰しているあの人、この人に、ひさびさに便りを出してみよう……、そんなことを思いながら、これを書いています。

太陽と色

「青にしても、赤にしても、外国のものは、とても色が冴えていて、透明感があるのに、おなじ色が、日本のは、なにかちょっと違うのね、どうしてかしら……」

あるとき、インキの会社の人と、色についての話になりました。

フィンランドやスウェーデンの青は、国旗をはじめとして、澄んだ青色です。西ドイツからのおみやげにいただいた、なんでもないTシャツの黄や赤も、日本のとはちょっとちがって、きれいな色です。

アメリカ製の、プラスチックのトレイも、おなじような日本のものより、やっぱりいい色です。

フランスからのおみやげのスカーフの赤。イタリアのグリーン。このへんになると、もう一味も二味もちがいます。外国雑誌の印刷の色も、たいへんな違いです。

「日本のインキの場合、品質は、ほとんど世界一といわれるくらいで、外国にも輸出していますが、色のことになると、問題がないわけではありません。それは何かというと日本の太陽が強く照りつける、という状況が、色にかなりの影響があって、外国の色とちがってくるようなのです。

窓一つ、考えてみても、日本は太陽を充分にとり入れるために、開口部は、広く広くとりますが、ヨーロッパやアメリカの窓は、それにくらべると小さくて、カーテンで、家具などに、日が当たらないように、さえぎっています。

とくに、北ヨーロッパは、冬の日照時間が短かくて、太陽をあびるということが少ない生活です。反対に日本の生活は、すべて陽があたる、というのが大切なことなのです。

陽があたる、ということは、色があせたり、やけたりしてしまう、つまり、色変りしやすくなってしまうことです。だから陽があたっても、なるべくやけない色をつくることが、日本では、とても大切な条件になるわけで、欧米では、ほとんどその必要はありません。

そのため、色を配合するときの方法が、かなり違ってくるんですね」

そのお話をきいていて、少し納得がいきました。

色焼けしない、ということが日本の色には、大きな要素になっていたのでした。ながいあいだ、日本の色と、ヨーロッパの色の違いが、どうしてかフシギでしたが、このお話で納得がゆきました。

涙も大事です

左の目のぐあいがよくなくて眼科で、診察していただきました。涙が出たり、夜は目やにが出て、うっとうしいのです。

市販の目ぐすりをさす一方、これは水で洗って清潔にしておけばいいだろう、と素人判断して、せっせと洗っていました。

でもよくなりません。そのうちかすかな痛みも出て、心配になって、診察を受けるつもりになったのです。

長い待ち時間を辛抱して、やっと診察室のカーテンの中に、入りました。若い男の先生でした。

ていねいな触診と、光をあてる検査のあとで、説明がありました。

「これは加齢にともなう故障で、俗にいう涙目です。涙の通っている腺がつまって、流れがわるくなり、涙があふれるのですが、他には傷もイタんだ部分もありません。ご安心下さい。ただ、水で洗うのはよくありません。涙のなかには、目を健康に保つための、いろんな成分が入っています。それを水で洗い流してしまっては、目が困ってしまいます。涙は目ぐすりなんですよ。涙があふれそうになったら、そっと押えるようにして、大事にしてあげて下さい」

涙は目ぐすり。

それをうかがい、それこそ、目からうろこが落ちる思いがしました。

おクスリもなしで、帰りました。

帰る道々、心がすっきりしました。重大な病気ではなかったという安心、ていねいに触診して下さった先生の手の感触と、言葉と、アドバイス。

涙は目ぐすり。

それから症状は、大変軽くなりました。そしてもうひとつ、思ったことがあります。

悲しかったり、くやしかったりで私たちはよく泣きます。涙をたくさん流します。そのときいっしょに、目の手入れもしていることになるのでしょう。

涙は、心と目を、きれいに洗い流してくれる、すてきなクスリなのです。

おいもの恩返し

春の終わりでしたか、一本あまったサツマイモを、そのまま野菜かごにいれておいたことがあります。

何日かして、気がついたら、先の方のとが

ったところに、ちいさな芽がいくつか出てきました。これはたいへんと、その部分を切り落として、太った丸いところは、てんぷらにして食べました。

切り落とした先を、生ごみに捨てようとしましたが、よく見ると、かわいい芽が、もうちいさな葉をつけて必死でのびようとしています。なんだかごみにするのはかわいそうになって、ベランダにあった少し大きめのプランターの隅に、植えておきました。

しばらくすると、赤い茎がのびてきて、ハート型の葉の数もふえ、ちょっとした観葉植物のようになってきました。少し高い台においたら、真夏の暑い日差しをうけて、葉はますます繁り、茎も、二メートルくらいになったでしょうか。

お彼岸の頃、来年の春用の種まきに、このサツマイモのプランターを空けることにしました。あの三角の先っぽがどんなふうになっているか、興味もありました。

根をひっぱると、茎と同じように、長くのびています。たぐっていくと、やわらかい土の中から、突然、長さ二十センチくらいのおいもが出てきました。

こんなベランダのプランターの中で、こんな大きなおいもが育っていたとは、ちょっとした感激でした。とくに肥料もやらなかったのに、お日様のエネルギーと、水と、空気だけで、こんな大きなおいもを作ってしまうなんて、自然の力って、なんてすごいこと。

もとのおいもと同じように、てんぷらにしてみたら、ほくほくと、おなじ甘い味がしました。

先っぽをごみにしないで、大切に植えたから、これは「おいもの恩返し」かなと、思いました。

十一月の章

一本のローソク

晩秋のニューヨークの昼下りでした。下町のハンバーガーとチーズケーキのおいしい店で、二人の老婦人が、人待ち顔でコーヒーをのんでいました。

一つあいた椅子に、待たれていたのでしょう、もう一人のご婦人が、あらわれました。この国の人のつねらしく、かわるがわる、頬をすりよせ、肩をだいて、挨拶をかわしました。

やがて、一つのコーヒーと、チーズケーキのお皿が三つ、はこばれてきました。あとからきた老婦人の前におかれたケーキには、小さなバラ色のローソクが一本、あたたかい光にゆれて立っていました。

「ハッピー・バースディ」の声がきこえてきました。おくれて来た人の、お誕生日だったのです。

好物のケーキひときれと、コーヒー。この三人の人たちは、どんな年月をすごされたかわかりませんが、なにか、人を大切に、友を大切に、なにものにもあたたかく暮らしてきた人たちではないかしら、そんな感じの人たちでした。

わたくしも、ふっと遠い日のことを、遠いとおもっても、いつかは来る、年をとってからの日のことを、思いました。

小説の中の料理

お料理の本やたべものに関する本ではなくて、普通の小説をよんでいて、出てくるお料理がとてもおいしそうで、こまってしまうことがあります。

前には、よその国のたべものとして読みすごしていた、変ったパイやケーキ、スープや煮こみも、何かの機会に作り方を知ることができて、よみ返してみて、その小説がずっと身近になることがあります。

＊

オルコット女史の、『若草物語』のなかに、パンプキンパイというのが出てきます。小さいころ、パンプキンパイをよみながら、どんな味のパイかしら、と想像していました。

アメリカの雑誌に、このパイの作り方が出ていて、焼いてみたら、スイートポテトのような味わいでした。

ちょうど、十一月二十三日の感謝祭にアメリカでぶつかり、レストランに入ったら、感謝祭のメニューとして、七面鳥とパンプキンパイがあります。自分が作ったパイとくらべたいし、本物もたべてみたいので、それを注文しました。

出てきたのは、アップルパイの形をしています。なかみは、私の作ったのと、ほぼ同じで、かぼちゃとバタとお砂糖をねり合せたような感じでしたが、やはり味は格段の相違でした。

そのとき、いっしょにいたアメリカの友達が言うには、パンプキンというのは、明るいオレンジ色をした、大きな西瓜ぐらいのかぼちゃで、感謝祭のときだけでなく、家庭でよくたべるそうです。

『若草物語』には、他にも、食べものやお料理の話が、よく出てきます。一番上の姉娘メグは、ジェリーつくりに躍起になりましたが、ぜんぜん固まらなかったり、ジョーはアスパラガスを煮すぎて、茎をかたくしてしまったり。

他にも、私が好きで忘れられない本に、ウ

エブスター女史の『あしながおじさん』がありますが、これにも、いきなりプディングが出てきますし、ページが進むほどに、エビのあぶり焼き、メープルシロップをかけたパンケーキ、有平糖《ありへいとう》、がちょうのパイ、フライド・チキンなどがぽんぽんと出てくるのです。

このあいだ、シモーヌ・ド・ボーボワールの『娘時代』をよんでいたら、さすがに食いしん坊の国の人らしく、さまざまなお料理にぶつかりました。

にわとりのパイ、かものオリーブ煮込み、肉パイ、フランジパーヌ(クリームパイ)、フロニャルド、桜んぼ入りの焼菓子。まだあるのです。肉と魚のゼリーよせ、トリの白ソース煮、ドーブ(肉の煮込み)。

読んで、すぐわからないものもありますが、それでも、この頃は、注意していると、わからないなりにも、目に浮かんでくることもあって、ちょっと、つばのたまるような気もします。

オルコットも、ウェブスターも、そしてボーボワールも女性です。女の人は、しらず、しらずのうちに、小説のなかに、おいしいものを書きこんでしまうのでしょうか。

読んで行くうちに、さそわれて、私もジャム作りを思いたったりしたことも、ありました。

さわやかなほめ方

おしゃれでも、なんでもない私ですが、このあいだ、突然、若い友達に、

「どうしてあなたは、そんなにおしゃれが上手なのですか」

と聞かれてしまいました。

なかなか、とっさにはお返事できなかった

のですが、ふと、思いつきました。そして、「もし、そうだとすると、ほめてくれるお友達がいたからだと思うの」とお答えしました。

たとえば、スラックスでその人にお会いしたら「スラックスがとても似合う」と言って下さるのです。そう言われると、日頃似あうかどうかと思っていたスラックスも、悪くないのかしら、と思い、つぎには、少しいいのを作りたいと思います。

スカーフを、あれこれとえらんでしてゆくと、その人はスカーフの色と、オーバーの色のとり合せを、目ざとく見て、ほめてくださる、こういうことが、一つ一つ、おしゃれへの大きな「はげみ」になった、とおもうのです。

＊

先年、アメリカに行ったときも、だれかしらに、着ているものとか、アクセサリとか、相手とか、なにかを必ずほめられました。相手をいい気分にしてあげようという、心づかいの一つのあらわれでしょう、ちょっとでもいいところを見つけ、それを適切にとりあげて、ほめます。

「よく似合う」
「しっくり合っていますね」
「色あいがいい」
「ステキなブローチね」
「変っていてとてもいい」
「やさしい手ね」

というように。そこから自然に話がほころびて、いつの間にか、うちとけてしまいます。

そして、そのほめ方も、あまりオーバーではなく、さりげなくほめるという程度の、さらりとしたほめ方です。

友達、知人、きょうだいや家族の間でも、そういうほめ合いは、欠かせないものだと思います。

コーヒー一つ、シチューの味一つでも、ちょっとほめられるとはげみがついて、次にはもっとおいしく、と思うものです。

私たちは、ほめるのが下手です。でもほめられると、とても幸せな気持になるものです。

さわやかな「ほめ方」は、人と人とのおつき合いの中の大切なものだと、あらためて、思っています。

チャーとジョン

朝、玄関の戸をあけると、そこに大きな茶色の犬がすわっていました。ムク毛で、耳はたれ、目のやさしい犬です。

「おや、お前、どこから来たの」声をかけずにいられませんでした。赤い首輪をしています。おまけに、長いクサリをひきずっています。どこからどうして家に来たのでしょう。

門の傍の木につないで牛乳をやると、むさぼるようにしてのみ切り、もっと欲しそうです。お腹をすかせて迷っていたのでしょう。このまま放してしまえば、道で車にはねられるか、野犬収容所行きでしょう。

外出しました。一日じゅう、その犬のことを考えていました。いそがしい私は、このまま飼うわけにはいきません。どうすればいいか、考えているうちに、夕方になりました。

家の門に近づくと、垣根ごしに、もうあの茶色がみえました。

「待っていてくれたの」

やさしく声をかけると、身をすりよせてきて尾をふります。

「お前は、なんて名前」

名なしでは不便なので、とりあえず、茶色

だから「チャー」と名付けました。「チャー、チャー」と声をかけて、煮干しを混ぜたみそ汁のかけご飯を、やってみました。ドッグフードではなく、どうもこの犬は、みそ汁で育てられている様子です。ひと粒もあまさずに、きれいに食べました。

「よし、よし、いい子ね」

夕方、散歩に連れて行き、箱にボロきれを敷いて、かりの寝床も、こしらえてやりました。

二、三日がすぎ、日曜日が来ました。このまま日を重ね、ずるずると家の犬にしてしまうわけにはいきません。いちおう、近所の電柱に、貼り紙をしました。顔なじみのマーケットにも頼んで、レジのところへ貼り紙をしてもらいました。

「茶色、ムク毛の大型犬が迷いこんできました、ご連絡下さい」との文面で。

そして、なるたけ通りからみえるところに

つないで、また二、三日が経ちました。もう、チャーと呼ぶと、自分のことだとわかります。牛乳びんを持って出る私をみる目は、昔から家の犬だったようです。

いつか「犬の目は神の目だ」という意味のことを読んだような気がしますが、ほんとうに犬の目は澄んだ湖のようです。

どこからも、なにもお報せはありませんでした。また日曜日が来ました。まだ朝のうちでした。家の中にいた私の耳に、

「ジョン、ジョン、ジョンじゃないの」

と叫ぶような少年の声がきこえます。とび出してみると、門から入って来た小学六年くらいの男の子に、チャーがとびついているのです。前足を男の子の体にかけ、頭をこすりつけています。

「ああよかった、これあなたのところの犬だったの」

ジョンだったチャーは、やっとこれで家に帰れるのです。

「クサリの元のところが、少しゆるんでいたのよ、直したつもりだけど、ちゃんとみてやってね」

家からだいぶ離れたところがジョンのお家だということですが、まえに一度だけジョンを連れてこのへんに来たことがあるとか、それでこの道をたどって来たのでしょう。

そんなわけで、私のチャーは行ってしまいました。ほっとしたり、淋しかったりです。

ドモアリガト

その日も、バスは混んでいました。誰かが、すぐ私のうしろを抜けて、入口の方へ進んで

ゆきます。

　このバスは、前の入口から乗って、中ほどの口から降りるワンマンカーですから、混んでいるときは、次に乗ってくる人のため、前の方の人は、後へ移動するのがふつうです。

　どうして、前の方に進んで行くのかわかりません。

　よく見ると、それは、背の高い外国人でした。紺の背広を着て、アメリカ人か、イギリス人か、そんな感じの人でした。

　その人は身をかがめ、運転手さんに、好意のこもった声で、

「シズカナ、ウンテンヲシテクダサッテ、ドモ、アリガト」

と、たどたどしく日本語でお礼をいったのでした。

　運転手さんもうれしかったのでしょう、

「どうもありがとうございます」

と答えました。

　私は、ハッとしました。今まで、ながいことバスに乗ってはいましたが、車が静かに走ろうが、早く走ってゆれようが、なんにも気にかけないで乗っていました。

　バスはつぎの停留所に近づいていました。注意していると、車は、だんだんとスピードが落ちてきました。そして、すべるようにとまったのです。

　そういえば、バスがとまるとき、吊り皮をしっかりと握りなおし、両足を踏んばって、倒れるのを防いだこともありましたし、とつぜんの急停車に、前の人にぶつかったりするときもありました。

　その外国の男の人は、この停留所でおりてゆきました。

　やがてバスは、六本木から麻布十番にむかって、坂をおりはじめました。交通量が多い

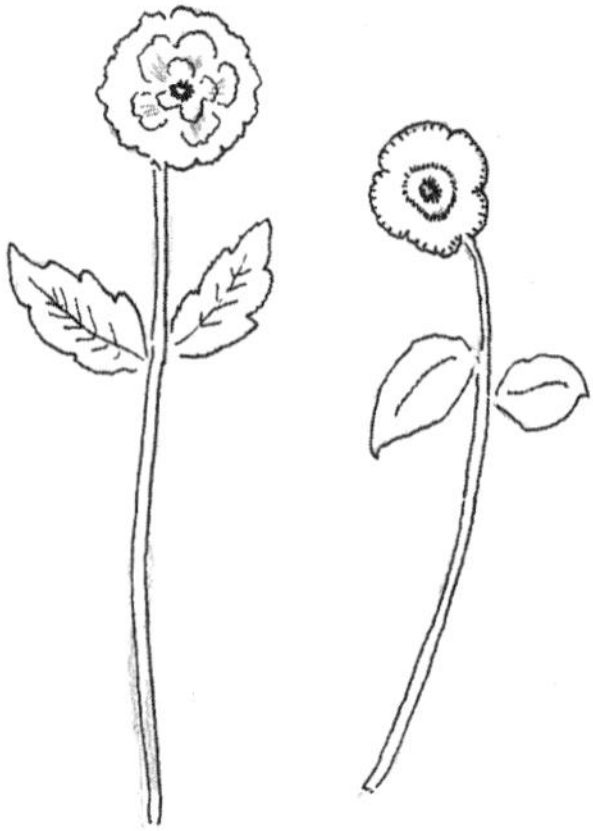

ためか、絶えず止まりながら、やはり静かに下っていきました。

麻布十番で私は降りました。

＊

私たちは、一対一の親切にはすぐ気がつくのですが、大勢のためにする見えない心くばりには、つい気づかず、また気がついても、すぐお礼を口に出していうことに馴れていないことに気がつきました。

とても大切なことを教えてもらった、ひとときでした。

太い万年筆

太書きのモンブランの万年筆のお話です。

この万年筆は、持つところが直径1センチ

5ミリもあります。ペンの先も、幅が1ミリはあります。

　万年筆の好きな方のお形見にいただきました。でもこんな太字の万年筆は、使いみちがあるのかしらと、そのまましまいこみ、忘れるくらい日がたっていました。

　どうしても、ていねいに、ご挨拶状を書かなければならないことが、あれこれと出てきました。

　筆では下手で書けません。筆ぺんを使ってみましたが、たよりなくて気持のよい字が書けません。それで気がついたのが、しまってあったこの太書きのモンブラン。

　和紙の封筒、和紙の巻き紙に、黒インクをたっぷりつけたこの万年筆で、字を書いてみました。

　インクがにじんで、筆で書いたのとはちょっと違うけれど、万年筆で書いたのでもない、ほどよい太さの、なかなか風格のある字が書けました。

　それからというものは、なにかにつけ、改まったお祝袋など和紙ふうなものに、筆で字を書かなければならないとき、この太い万年筆をつかっていますが、安心して字が書けて、ほんとに、いいことに気がついたと思っています。

「だれか、お祝って、書いてちょうだい」

「いや、筆では書けないわ」

　ということがなくなり、気楽になりました。太書きの万年筆が一本あると、家じゅうが一安心。

　インクは、製図用の黒インクを使います。墨汁やふつうの黒インクでは、淡めというか、墨で書いたように見えません。それから、筆で字を書くように、インクをたっぷりペンにつけて書くこと、ゆっくり書くことがコツです。

ホテルの表で

帝国ホテルをこわすの、こわさないの、明治村に移す、移せない、いろいろゴタゴタしたあげく、とうとうこわすことになったあのときのことです。

今日でおしまいというその日の午後、三時すぎホテルの横を通りました。すると、プルニエの入り口に古びた大きな扉があります。その扉の真鍮の取手を磨いている、年配の、白い制服を着たおじさんの姿を見たのです。

あと四、五時間でこの建物が無用になって、明日からこわされてしまうのに、この人は、そのドアの取手を一生懸命みがいているのです。若いころ読んだ外国の短かい小説にでも出てきそうな情景でした。まだこんな人が、日本にもいたのね、とおもいました。

帝国ホテルが新築され、花やかにオープンされました。生れかわった建物を見上げながら、あのおじさんはどうされたかしらとおもいました。

バーグマンの芝居

緋のベルベットの幕がおりると、「きれいね、やっぱりきれいね」とささやく声があちこちにきこえました。観客はながいながい拍手を送ったあと、夜の街へでていきました。

その観客のあとについていたわたくしは、まだひとのぬくもりの残ったからっぽの客席をふりかえったとき、ふと浮かんだのは「花のいのちは短くて、苦しきことのみ多かりき」という林芙美子《はやしふみこ》さんの言葉でした。

ロンドンの芝居小屋でイングリッド・バーグマン主役のコメディを観た夜のことです。

＊

もちろん、それは舞台でいまみたバーグマンの花のような姿によっていました。その花は舞台に大きすぎず、小さすぎず、誇らかというよりは自然に咲いていていました。

一幕、二幕と、抹茶色のしぶい、うすいグリーンの服を着たあと、三幕目があくと、バーグマンの長身は、うすむらさきから、ローズ色のあじさいを大きく一面に散らした、明るくあでやかなドレスにつつまれて現れました。

観客席は、一瞬、息をのみました。さほど大きくない劇場でしたから、客席全体が、はっとひとつになって、息をのむのがよくわかりました。

客は、男も女も『カサブランカ』『ガス燈』『誰がために鐘は鳴る』など、映画で見た忘れがたいバーグマンを、生の舞台にたしかめて、いかにも満足して帰っていくようでした。そして、わたくしも、そのひとりでした。

＊

すぐには乗りものをさがす気にもなれず、夜道をしばらく歩きました。歩道にひびく自分の足音をききながら、さっきから気になっている、「花のいのち……」のことを考えました。

花のいのちは、必ずしも、短くはないのだとおもいました。

そうおもわせたのも、やはり舞台のバーグマンでした。ただ美しい花というなら、たくさんいました。演技がうまい、というなら、もっとうまい女優がいるでしょう。

三度の結婚、四人の子ども、そして映画、舞台、テレビと世界の舞台に出ずっぱりの、五十六歳の一人の女のひとでした。

バーグマンには健康があり、誠実があり、努力をもちつづけたのが、舞台に自然ににじみでていました。

花は長いいのちを咲いていていました。苦しきことは、あったにちがいないけれど、自分をおろそかにしなかった五十年が、もう若くはないはずの彼女の上に花開いて、におっていました。

片足の鳩

都会のまんなかに住んでいるのに、朝早く起きてみますと、小鳥たちがすぐそこまでやってきていて、びっくりすることがあります。

見なれているのは、すずめ。よく見れば、なかなかしゃれた白と濃い茶のセーターです。


すずめのお宿以来、私たちには、なつかしい、古い友だちです。ときには、きじ鳩が夫婦そろって、庭にきているのを見かけます。

残りごはんやパンくずを窓からまいてやります。鳩が、一番目ざとくむらがってきます。

ある日も、そうやっていましたら十二羽やってきました。そして忙しく食べます。その中に一羽、ひどくからだをかしげるのがいて、よくよく見ますと、片足がないのでした。その鳩はからだもひとまわり小さくて、気は強そうですが、食べるのが少ないのです。

おや、と、ほかの鳩の足をつぎつぎ見てゆきますと、指先が欠けたり、まがったり、一本まるまるないのがいたり、満足な足をしているのは、十二羽のうち六羽でした。半分が、傷のある鳩なのです。

コンクリートの町なかで生まれて、風雨にもまれ、ときには仲間同志、折り合いがつかないでゴタゴタが起きることもあったのでしょうか。

いのちをながらえることのきびしさが、その足にあらわれているように思って、ちょっと息をのみました。

すっかりパンくずもなくなって、鳩たちはいきおいよく、いっせいにとんでゆきました。

みていると、こんどは道路にえさを見つけて、そこにむらがっていましたが、車のクラクションに追いたてられました。私たちの生きている姿と、あまり変らないな、と思いました。

あんなに自由そうに空をとびまわっている鳥たちも、どこかに傷をかくしていたのでした。

そう気づいてから、いままではなんとも思わなかった鳥たちが、急に縁深くおもえるようになりました。

猫のおかげ

「まさか、そんなことが……、と思われるかもしれませんけれど、息子が第一志望の会社にすんなり入れたのは、やっぱり、猫のおかげかもしれないんですよ……」

就職が大変といわれている今年、いちはやく、はじめて受けた会社から内定をもらえたS君は、なんと、猫のおかげだ、というのです。

彼は小さい頃から、捨て猫をみつけたら通りすぎることが出来ない、というやさしいところがあって、どんな子猫でもひろってきてしまう。

お母さまは、そのたびにお医者さんにかけこんで処置をしてもらい、出来る限りの手をつくす。そんなことをしているうちに、家の中にはいつも、十匹以上の猫がいる、ということになってしまいました。

猫のエサ代もたいへん。それに外泊も出来ない、という騒ぎです。一日じゅう家の中をうろついている猫たちに、お母さまは言って聞かせたそうです。

「あなたたち、Sは命の恩人でしょ。彼の就職がうまくいくように、眠ってばかりいないで祈ってよ」

キリストさま、天神さま、なににでも祈りたい気持のお母さまは、猫にも頼んだそうです。

二次試験の小論文のとき、彼は猫のことを書きました。その論文が、とてもよい点で通過して一次の面接になったとき、会社志望の理由とか、時事問題など、いっぱいつめこんでいったS君に、

「君はどうして猫が好きなのですか」からはじまって、質問は猫のことばかり、面接担当者の中に猫好きな方がいて、そういうことになったらしい、と、彼はお母さまに報告しました。

一次面接、無事通過。最後の面接のとき、コチコチにあがっているS君に、先日も面接した猫好きの担当者が、「この人の家には、彼がひろってきた猫がいっぱいいて……」と披露したので、議題はまた猫のことになって、あっという間に終ってしまったそうです。

「あんなに猫のことばかり、きっと、ダメと決まっていたから、気ばらしの話題にされてしまったと思う」

と、落ちこんでいたS君に、内定を告げる電話が、あったのです。

「信じられない……」

と、彼はいいます。

「やっぱり、猫に頼んだからよかったのよ」

とお母さま。

この話を私に聞かせて下さったお母さまは、

「世の中って、何がきっかけで、うまくいったり、いかなかったりするかわからない、ということを今度はとてもよくわかりました……」

と、うれしそうでした。

就職難の季節に、こんなお話もあるのですね。

焼きいもやさん

まがり角に、焼きいもやさんの屋台がとまっていました。おじさんと目が合ったとたん、

「おいも、あったかくて、おいしいよ」

私の足も止まりました。ホカホカの、おいしそうな石焼きいも、とても魅力です。

でも、いまは夕方の買物に出てきたばかり、おいもをかかえてしまっては……。

「おじさん、これから買物にゆくのよ、あと

でね」

と言って通りすぎました。

買物をすませ、夕食の仕度にとりかかり、焼きいものことは、すっかり忘れていました。気がついたときはもう六時すぎ。

でも、さっき、私は「あとでね」とおじさんに言いました。このままでは、ウソをついたことになってしまいます。大急ぎで、おじさんのところへかけつけました。

屋台はまだ、とまっていました。

「おじさん、おいも二本下さい。さっき、あとでねっていって、そのまま忘れて、ごめんなさいね」

ゴツイ手が、新聞紙の袋に、大きなおいもを四本も入れるではありませんか。

「二本、二本でいいのよ」

毛糸の帽子を深くかぶり、マフラーに顔半分うもれたおじさんの頬がくずれて、

「ありがとうお客さん、あとで、って言って、ほんとにあとで買いに来てくれたの、はじめてだよ……。そのおまけさ」

ほかほかと、温かいおいもをかかえて、私の胸もほかほかでした。

時間をかけて

久しぶりの休日です。こんな日はゆっくりと手間をかけて、ビーフシチュウをつくろうと、思い立ちました。

さっそくお肉を買いに、近所の肉屋さんに出かけました。

ちょうど商店街の中ほどにあって、昔ながらの肉屋さん、休日でも開いています。よく磨かれたガラス戸があいていて、床のタイル

もよく拭き上げてあって、清潔そのもの。

「シチュウ用の牛肉をください」

白い上っぱり、白い帽子のご主人は、もう七十歳に手が届く年ごろ。ショーケースのむこうから、

「ビーフシチュウですね、肉を煮込む時間は、どのくらいありますか。

二時間以上だったら、百グラム二百五十円ぐらいのところがお得ですよ。ここは、よく煮込みさえすれば、やわらかくなるし、第一、ぐっと味が出ておいしい。

時間がないなら、もう少し値段の高いのにしたほうが、無難だね」

「今日は時間がありますから、安い方のお肉をいただきます。一日仕事にしようと思っていますから……、そうね、五百グラムお願いします」

ご主人は、大きな冷蔵庫の中から、肉のかたまりを出してきました。まずスッと大ぶりに切り出して、それをシチュウ用にコロコロと切ってくれました。

「はい、おまちどおさま。シチュウの味は、時間に手伝ってもらうことですよ」

〝時間に手伝ってもらう〟

なんていい言葉でしょう。私は、おいしい、極上のシチュウが作れそうで、とてもうれしくなってしまいました。

古いセーター

風が秋です。

あたたかいものが恋しくて、そうだ、毛糸編みをしよう、と思い立ちました。毛糸がたくさんあります。

ご主人は、

それは、古いセーターを丹念にほどいて、ためた毛糸です。

春の終りごろ妹が遊びにきて、「捨てるのは惜しかったから」と、ほどいてすぐの、ちりちりの毛糸を、おいてゆきました。

じつは、ずっと前に、私がもう着られなくなったセーターをほどいておいたのを、おぼえていたのでしょう。でも私は、ほどいただけで、その先へ進む根気がなく、ちりちりのまま、ほうっていたのです。

さっそく全部を小さいカセに分けてたばね、お湯につけて、ちりちりをのばしました。

お湯の中に入れて、軽くひっぱると、すうっと伸びてくれます。仕上げ剤をとかしたぬるま湯につけてから、タオルにつつんで脱水機にかけ、蔭干しにしたら、ほとんど新品と変らない毛糸になりました。思っていたほどの手間もなく、ひと安心。

ふつうの市販のセーターをほどいたのですから、糸一本は極細くらいの細さです。二本あわせて編めば、ちょうどいい太さです。

何にしようかしら、といろいろ考えたあげく、椅子用の座布団のカバーを六枚、かぎ針で編むことにしました。小さいから編むのが楽で早くできるし、好きなように、いくらでも色や模様をかえられるし、真冬までに間に合えばいいのですから、気が楽です。

ほどいた毛糸の色は、くすんだグリーン、焦げ茶、グレイ、濃い赤、黒です。

これに、編み残っている少しずつの黄色や白なども足して、二色の糸をあわせたり、カバーの表と裏で配色や模様をかえたり……、全部ちがうものにしても、おなじ色が入っていれば調和がとれます。

編むまえから、何か楽しくなってきました。古いセーターのくれた、大きな楽しみです。

十二月の章

雑巾とチョコレート

引越しの朝でした。午後には荷造りを終えなければ、と、いくぶんいさみたっていましたら戸口に、おもいがけず、出勤途中のお友だちが見えて、お手伝いはできないけれど、といって紙袋をおいて、いきました。

なかには板チョコと雑巾が三枚、それは新しいタオルを、大きすぎず小さすぎず、使い勝手よく刺したものでした。

この方とは、長いおつきあいではなく、これまでに立ち入ったお話をするという間柄でもありませんでした。それでいて、なんというのか、もし、なにかあれば、話せばよくわかってもらえる、という安心感のある人です。ですから、いっしょに食事でもすれば、たのしい時間がすぐすぎてゆきました。

生れつきの人柄なのかとおもったり、自分の仕事に、ごく自然に自信をもつようになった人は、自分の考えをいじけさせずに、いつもおおらかにしていられるのだ、とおもったりしていました。

そういえば、カゼをこじらせて外にも出かけられずにいた私に、明るいルージュの口紅を、お土産といって持ってきて下さったことがありました。

小学生がよろこびそうな鉛筆けずりをもらったときのことも忘れられません。きっとなにかのときに、鉛筆けずりがみつからなくて騒いでいたのを、みていたのでしょう。久しぶりに食事をしましょう、とレストランで落ちあったとき、こんなのをみつけたのよ、といって、鉛筆けずりを渡されました。

この友だちのことを、おくりもの上手とかたづけてしまえない気がします。上手とか下手とかいうことではなくて、なにか天性のやさしさ、こまやかさを持っているのだと思いました。

＊

運送屋さんに荷物をわたしたあと、ガランとしてしまった部屋に、最後の雑巾をかけおわって、その板チョコの舌にとけるのを味わいながら、人の心のやさしさが疲れたからだにしみわたり、こちらの心まで、やさしくなるのをおぼえました。

日曜日の朝

ふだんは、なにかと早くて便利なのでインスタントですませてしまいますが、日曜日の朝だけは、家族のなかのコーヒー好きの人のために、念入りにコーヒーを淹れます。紅茶の好きな人にもポットでたて、ミルクもあたため、レモンも添えます。

カップも、その朝はお客さま用のを使います。たったそれだけのことですがお茶帽子をかぶったティ・ポット、コーヒーのおいしいかおりで「今日は日曜日」というゆっくりした気分になれます。

ふだんの日は、一人ずつ、朝ご飯の時間が違い、ゆっくり顔を合せる間もないこの頃です。出掛ける時間を気にしないですむ日曜の朝に、そんなサービスをしてみました。

それがいつの間にか「日曜日の朝のお茶」ということになりました。だいたい十時から十一時の間くらいです。新聞をよみながら、
「きょうのコーヒーはおいしい」
「この紅茶ちょっと濃いわ、お湯をちょうだい」
「今晩、なにがたべたいの」

「きょうはどうするの」
「映画みようか」
「わたしはお買いものよ」
十一時には、もう誰もがテーブルのまわりには居なくなってしまいます。

ジバンシイの服

さそわれて、ジバンシイの服のショウを見に行きました。ほんの二十着ほどの小さいショウでしたが、私は服というものについて、あらためて、手ほどきされたような気がしました。

オードリイ・ヘップバーンが映画で着る服は、たいていこのジバンシイのもので、何の飾りもない、ただ、襟足につかずはなれずそっている小さいステンカラーが、いい感じの服でした。

その日のショウでもやはり同じで、何にもない服といっていいくらい単純な、それでいて、やさしい雰囲気のスーツ、コート、ワンピース、パンタロンでした。

からだをふわりとつつみながら、どこにも、余分なだぶつきがなくて、それでいて、どの部も不自然にしめつけることなしに、ほっそりとしたシルエットをつくっています。

つまり、からだに無理をさせない服といったら、いいのかもしれません。

色は、グレイ、黒、深い茶、紺などの無地が多く、せいぜいグレイの地に朱赤の格子、紺と赤と緑の幾何模様で、これでさえ、柄を目立たせようとする感じがないのです。

そのうちでも、一番ハッとしたのは、使ってあるボタンが目立たないことでした。地色と同じ色のねりボタンで、形もまるいだけの四つ穴、昔ながらのボタンです。服のなかにとけこんで、安心して、ボタンはボタンの役目をしています。

ずうっと見て行くうちに、いい服というのは、こういうものなのだ、と思いました。私たちは服を作ったり、買ったりするとき、なにか目新しいもの、変ったデザインのものが、

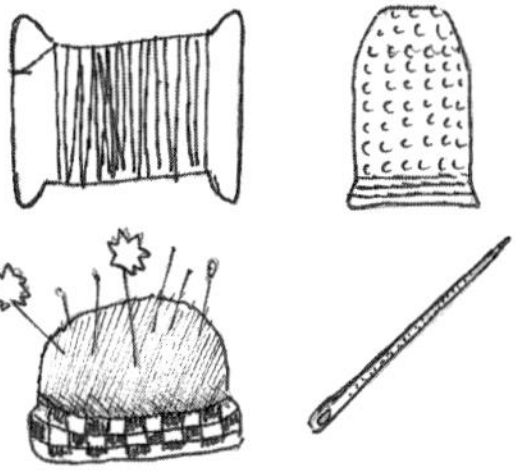

どうしてもほしくなってしまいます。

このジバンシイの服は、「いい服というのは、人のからだを大切にしてくれる服」と言っているようでした。

縫いもの

ひとにはちょっと言えない、いやなこと、つらいことが、ときにはあるものです。急に冷込みに襲われたようなそのショックは、私から食欲をうばい、睡眠までうばってしまいます。

このあいだ、そんないやなことが起り、何をするのもいやになりました。テレビを見てもおもしろくないし、家族にも言えないので、お茶を入れても、話もはずまず、本をよもう

としても集中できません。

そのとき、長いこと気になっていた縫いものがあることを思い出しました。針箱をあけ、指ぬきをはめ、針に糸を通して縫いものをはじめました。

そうやっているうちに、なにか気分が落着き、やわらいできました。針箱を閉じたときには不思議と、あんなに気にかかっていたことが、どこかに消えてしまって、ほとんど平常にもどっている私に、私自身おどろきました。

サンタクロースの服

小さいとき、クリスマスが一日一日と近づいてくると、どんなに胸をはずませたことでしょう。

赤いだぶだぶの服をきた、おくりものをくれるサンタクロースのおじさんは、ほんとにいるのだと信じていましたから、枕もとに靴下をおきました。そして、いつもいい子でいなかったけれど、私にサンタクロースはプレゼントをもってきてくれるかしら、それがなによりの心配でした。

「ほんとにくるの」

「エントツがなくてもはいれるの」

「窓をあけておかなくても、はいれるの、どうして、はいれるの」

「どうやって、世界じゅうのこどもに、一晩でおくりもの配るの」

「おきてみていちゃだめ？」

「じゃ、どうして赤い服きてるって知ってるの」

しまいに、うるさくなった大人は、

「はやく寝ないと、サンタさんはきませんよ」

そういわれると、びっくりして、ふとんを

かぶり、目をつぶり、いつか、眠ってしまいました。

大きくなってから、こどもがサンタクロースの存在を信じるのは、三歳から八歳ぐらいまでの間ということを、なにかで読みました。

人がはじめてぶつかる夢だったのですが、どなたにも、サンタの夢を忘れることはできないでしょう。

＊

北ヨーロッパの冬のおとずれは早く、クリスマス近くのころは、あらゆるものが灰色に沈んでゆきます。

もうじきクリスマスというある日のこと、しんと静まりかえったロンドンの公園で、私は忘れがたいものを見ました。

氷になった池には、まるで真珠のように、かもめが池に張り出た棒杭にならんでいます。こんな寒いロンドンでさえ、かもめにとっては、荒れて寒い北国の海より、きっと、ましなのでしょう。私はからっぽのベンチに坐りました。

音のない灰色の風景が、私のまえにひろがっていました。そのときです、池の向うの岸を、赤いものがふたつとび出してきました。

真紅のオーバーにくるまった五つと七つぐらいの姉妹……。

その赤いふたつのうしろから耳のたれた、茶色の足の短かい犬、たぶん、ウエルス・コッギーでしょうか、追いかけてきます。

赤いコートには、一人前に、白いベルトをしていて、そのベルトの白が、コートの赤をひきたたせ、ふわふわと、さもあたたかそうに見せています。

よく見ると、その子たちは、靴下も白、ブーツも白。

グレイ一色の公園の中に、二つの真紅、そ

の美しさを想像していただけるでしょうか。

そのときでした、突然、サンタクロースが、なぜ赤い服を着ているのかが、わかった思いがしました。

雪と氷にとざされて、あらゆる色彩を失ってしまう、北ヨーロッパの冬のさなかに、人はどうしても、太陽の色をうつしたもえるような真紅の色、それをまとわずに、サンタクロースに着せた、その気持がいまわかったような気がしました。

この冬景色のなかに、やはり一点色をおくとすれば、それは赤よりないのです。

＊

トナカイに乗ってサンタクロースは、今年も真紅の服をきて北の国からやってくる……。

いくら大人になっても、まだ私の心のどこかで、サンタクロースのいることを信じていたい気持がのこっています。

駅のベンチで

両手に買物袋をさげた私は、いつもの大晦日とはちょっとちがう、静かな銀座通りを急ぎ、JRの新橋駅につきました。

自動販売機で切符を買い、つい財布を手に持ったまま、ホームのベンチに荷物をおろしてすわり、ぼんやり電車を待っていました。

誰かがおとなりに座られたな、と思ったら、その方が、

「これ、お忘れなく」

と、私の財布を手渡して下さいました。

びっくりしてしまいました。重い荷物といっしょに、財布をベンチに置いてしまったのでした。このまま電車が入ってきたら、おそらく荷物だけ持って、財布は置き忘れてしまったでしょう。

「あっ、ありがとうございます」

年配の女の方の目が、ステキな眼鏡の向こうで、やさしそうでした。もし、この財布がなくなったらたいへん、ああよかった、と思った途端、電車が入ってきました。

急にはずかしさが先に立ち、そそくさと席に座りますと、その方は、すじ向かいの席に座られました。

……財布の中には、お金のほかに、カードや病院の診察券も入っていました。なくしたら大変でした。そう考えてゆくと、もう一度お礼を申し上げなくては、と思いました。

電車は私の降りる駅の構内に入りかけています。私はその方の前に急いで行って、

「本当にありがとうございました、どうぞよいお年をお迎え下さい」と、一気に申し上げました。

その方は「あなたもどうぞ、よいお年を」といって下さいました。

電車は、私に幸せを残して走り去ってゆきました。

朝の満月

きびしい寒さの朝。その朝は七時ちょっと過ぎに東京駅を出る「ひかり」に乗って、名古屋へ行く仕事がありました。

目ざましに起こしてもらい、軽い朝ごはんを食べて、ようやく明るくなりかけの町へとび出し、タクシーを拾いました。

ところが、その朝はつい、ぎりぎりになってしまいました。運が悪いと乗りおくれるケースです。

タクシーの中、私は緊張していました。早

朝というのに、クルマが多いのです。お濠ばたに出ました。いつもならこの美しい風景に目をやりホッとするのですが、この朝ばかりは前方に目をこらしたままです。

東京駅丸の内北口に、タクシーは、やっと着きました。コンコースを通り抜けるのに、五分は見ておかねばなりませんが、なんとか間に合いそうです。

車をおりました。そのとたん私の目にうつったものがあります。大きくて、丸くゆたかに光るもの。

はじめ、何だろうと思いました。お日さまかしら、それほど丸くゆたかな光だったのです。

でもその方向は西なのです。

……そしたらあれはお月様。

なんと大きな月でしょう。

保険会社のレンガのビルの右肩の上に、それはゆったりとかかっていたのです。

ああ、冬の朝の満月。

「ひかり」の席にすわって、新聞を広げました。新聞には、日の出、日の入り、月の出、月の入りを記した小さな欄が、必ずあります。

たしかめると、その日は十七日の月でした。そういえば、まるい顔の右の頬がほんの少しへこんだ、ですから、何かとても愛きょうのあるお顔でした。

ほぼ満月のその日は、午前九時ごろに沈むとありました。ちょうど、私の列車が名古屋に着くころ、沈むのです。

冬の朝、満月に近い月を青い空に見るとは、思いもよりませんでした。

早朝というのは、一日のうちでもなにか、秘密の多い時間なのかもしれません。

よい日曜日

朝起きたら雨が降っていました。やみそうもない雨です。

うれしくなりました。出かける予定もない日曜日の雨。なにをして過ごそうかな……、コーヒーを飲みながら、ゆっくり考えました。

ミステリーを読み放題の一日、もいいな……。いろいろと考えたあげく、とりあえず、散らかり放題の家のなかを片付けよう、と思い立ちました。

ラジオをつけたら、クラシックタイムで、ショパンのピアノが流れていました。

まず、たまっている新聞や雑誌を紐でからげて、資源ゴミに出せるようにまとめ、積んである読みさしの本の山、これから読みたい本の山を整理しました。読んでしまった本は友だちに廻してあげます。

そうだ、冷蔵庫の奥のほうに、賞味期限が過ぎた食品がたまっているはず……気になりだしました。

缶詰のホールコーンをあけて半分残ったのが、ガラス器に入っています。エビの茹でたのも、出てきました。野菜の引き出しではキュウリが軟らかくなっています。レタスもだめ。食べられそうなのは……、人参が一本。セロリが半本、ブロッコリー、ズッキーニ、キャベツが少々。もう一つの引き出しには、ベーコン少々、ハム三枚。

今日は雨で買物に行きたくない。

冷蔵庫の一掃で、なにか晩のおかずが出来ないかな……。

頭のなかでぐるぐる材料をまわしました。ジグソーパズルのように頭のなかではめかえているうちに……、浮かんできました。

シチュー、ホワイトシチュー。パズルのピースが、ほとんど全部シチューにまとまりました。

うれしくて、中鍋を火にかけて、水を入れました。冷蔵庫のトリの手羽先を三本、スープのだしの代わりに沈めて煮ました。ブイヨンのキューブを二個。買いおきのじゃがいもと玉ねぎ、人参、セロリ、ズッキーニ、ベーコンとハムも細かく切って入れます。ホールコーンもエビも全部入れました。

しばらく煮込んでから、賞味期限あと三日のホワイトソースの缶詰をあけました。よかった、これも役にたちました。

賞味期限にこだわるほうではありませんが、気分的に、やっぱり期限をあまり過ぎないで食べてしまいたい、なんでも冷蔵庫にためこむ私は、年中、賞味期限に追われているようなプレッシャーを感じています。

よかった、みんな片付いた。

冷蔵庫にたまっていたものがほとんど全部、お鍋の中に入って、よい匂いです。

最後にドライのパセリやバジルなどのハーブとコショウ、バタを一かけ溶かしてかけて、出来上り。

我ながらうまくいった、というシチューになりました。

雨の一日が終って、なんだかとても満足でした。よい日曜日でした。

お福分け

「静岡からいただいたのですけれど、お福分けです」

と、ゆずを七ついただきました。いい香り

がしています。皮を針のようにきざんで、フタつきの小鉢に入れました。

お吸物に散らしたり、お漬物にふりかけたり、焼き魚や野菜の煮物にも、ハンバーグの上にも、とにかく毎日、食卓において、何にでもふりかけて、香りをたのしみました。

実はしぼって、その汁は、湯どうふのつけじょう油に、サラダドレッシングに加え、和えものに、かまぼこに、たらこにかけて、と、ぜいたくな気分になっていました。

ちょうど、四つ目を使っているとき、友だちがみえました。寒い日でした。ゆずのしぼり汁を加えた、ふだんより甘めのくず湯を作り、小鉢に刻んだゆずの皮と、シェリー酒をちょっとグラスに注いで、薬味がわりにいっしょに出しました。

ゆずの香りと、シェリー酒の香りがとけあって「こんなおいしいものとは思わなかった」と最後のひとすくいまで、ふうふう召し上がって下さいました。

あまり喜んで下さったので、残りのうち二つを、つつんで差し上げました。お福分けのお福分けです。

お福分けという言葉が、倍に生きたゆずでした。

ファンファン

ある日、わたしの部屋の椅子の上に、生まれたての赤ちゃんぐらいの、ぬいぐるみの大きな熊さんがちょこんと坐っていました。

家族の小さい子が、留守のあいだに部屋の中に入ってきて、忘れていったものでした。

熊さんは青竹色のセーターを着ていました。

女のひとのセーターの丸いエリぐりをそのままに、あとは熊さんの大きさに合せて、つめてあります。きっと、おちびさんのママが着せたのでしょう。

よく見ると、首にタグがついていて、「こぐまのファンファン」とあります。抱いてみました。ふつうの縫いぐるみよりはずっとやわらかく、フワフワして、愛らしい感じです。忘れていったちびちゃんに返したくなりました。気がついて、とりに来るまで、そのままにしておくことにしました。

それからは、部屋に入ると椅子の上に、いつもファンファンがいます。通りすがりに、ちょっと抱いてやったりします。ちびちゃんがさんざん遊んだのでしょう、鼻先と耳のへんが、うっすらと黒くなっています。

あれから一カ月もたったのに、思い出さないのか、とりに来ません。

部屋に一人でいるとき、こんなぬいぐるみの小熊でも隣りにいると、仲良しが一人いるようで、心がなごみます。

慰問便

重いものを持つときにはいつも注意するのに、置くときに、つい中腰になってしまい、「魔女の一撃」に、その場で立ち上がれなくなりました。

気をつけていたのに、三年ぶりにぎっくり腰。その日は久しぶりに会う友だちと、お昼をご一緒する約束をしていたのに、どうすることも出来ません。

大急ぎで、電話でわけを話して、約束を延期していただきました。

三日ほどして、約束を延ばしていただいた友だちから、宅配便がとどきました。

焼海苔のカンが三つほど入る箱。開けてみたら、つぎつぎと出てきたのは、ほぐした鮭のビン詰、レトルトのカレーとリゾット、帆立貝の水煮と、蒸しウニのカン詰、ふりかけゴマ、アップルティのティバッグ、小さいビターチョコレート、それにミニタオルが、つめもの代りに入っていました。

小さなメモ用紙には、

――これは慰問袋ならぬ慰問便です。お買物に不自由でしょうから、少しずつ役立ちそうなものを、物色してつめました。手近かにあったものばかりで失礼かもしれませんが、ほんのお見舞いです。――

とありました。

早速、ティバッグで紅茶を入れて、チョコレートをいただきました。

お友だちに励ましていただいているような、ホッとする甘さでした。

　ご報告をかねて、お礼の電話をしました。

「よろこんで下さってよかったわ。福袋みたいに、いろいろ出てくる箱って、もらうとうれしいものよね。私も、前に具合が悪かったとき、学生時代のお友だちからいただいて、とても助かったことがあるの。

　自分がいつも使っているものではなくて、案外、便利でおいしいものを知るきっかけになったり、いただきもので少し多すぎるものを、手伝ってもらったり……」

　いいことを、教えていただきました。わたくしも、それから大きな空箱を、心がけて、とっておくようになりました。

　ぎっくり腰になったおかげでしあわせを一つ知りました。

湯たんぽ

「珍しく風邪をひいて熱が出てしまったので、寝ています」

　という友だちの電話が気にかかって、じゃがいものスープを作ってお届けしました。

　あたたかい部屋でやすんでいる友だちは、思ったよりも元気そうでした。早々に失礼しようと立ち上がったとき、

「わたしの風邪を追いはらってくれたのは、これなのよ」と友だちは、おふとんのなかから、赤い風呂敷包みを取り出しました。

「それ、なんですの？」

「湯たんぽ」

「いまでも、湯たんぽなんてあるの？」

　おもわず大きな声を出してしまいました。

　あるのだそうです。ちゃんと存在して、ち

ゃんとファンもいるそうです。赤いウールのスカーフを、風呂敷がわりに使って包んだ湯たんぽでした。

包みを開くと、その中に、綿の入った湯たんぽ袋があり、その中に、金色に光る湯たんぽがありました。真鍮製、小型の、安全湯たんぽ、というのだそうです。

「電気毛布やアンカを使っていたのですけれど、湯たんぽが気持がいいと教えて下さった方がいらして、ああ、そうだと思いました」

電気アンカみたいに口の中がカラカラにならないし、布団の中があたたまって体もあたたまるにつれ、湯たんぽが冷めていく加減が、なんともいえず、いいのだそうです。

「風邪をひいて、熱っぽい体に、芯からぬくもりを与えてくれる……って感じです」と。

毎夜、口栓をとってガス台にのせると、十分たらずで沸とうするので、燃料代はとても安くすむこと。ただし、低温やけどをしやすいので、体に密着させないこと、というお話でした。

すっかり湯たんぽに魅せられてしまって、近くの金物屋に寄ってみました。

ステンレス、プラスチック、ブリキ、真鍮とあって、プラスチック千五百円、真鍮は五千八百円。

「湯たんぽ、いろいろあるけど、どれがいいかしら」

おじさんはこともなげに、

「そりゃあ、いつまでもあったかいのは真鍮だね」

と教えてくれたので、おなじ金色の真鍮を一つ買いました。

昔、父は毎朝、湯たんぽを抱いて起きてきて、そのお湯で顔を洗っていたことを思い出しました。湯たんぽを入れたその夜の布団は、とてもやさしいあたたかさでした。

なんとも懐しいあたたかさをいま、たのしんでいます。

答えは海をこえて

夕食にはまだ少し早い時間なのに、ダブリンのレストランの店内は、もうかなり混んでいました。

「予約していないのですが」という私たちを、ボーイさんは隅の方のテーブルに案内してくれました。お隣りでは、ラフなスタイルの初老のご夫婦が、お皿に貝のカラをいっぱい積みあげながら、クラムチャウダーを召し上っています。

「おいしそうね」

「のどが渇いているからビールを飲みたいけれど、レストランではだめなのね」

ここでは日本語のわかるはずはないと、私たちはリラックスしておしゃべりを交していました。

お料理も注文し、ちょっと間のあいたところへ、先ほどから何かもじもじしていた感じの、お隣りのテーブルのご主人が、

「失礼ですが、日本からいらしたのですか」

と、なんと日本語で話しかけられたのです。ビックリしました。

「私も東京で七年間働いていました」とおっしゃいます。

聞くと、東京でのお勤め先は私の勤務先の近くでした。二年ほど前にリタイアされて、冬は母国アメリカのハワイやニューヨークで、夏はご両親の母国の、いまは息子さんも住んでおられる、ここアイルランドへ移動して、

退職後の生活を楽しんでおられる、ということでした。

デザートのアイスクリームを食べ終えたあと、「ビールをお飲みになりたいならアイルランドはパブですよ。これからご一緒いたしましょう」

「あら、さっきの話、聞かれてしまったのですね」と、いいながら、お誘いにのりました。

足の踏み場もないほど混んでいるパブでは、みんなが立ったままビールを飲んで、おしゃべりを楽しんでいました。私たちも立ったまま日本のサッカーや野球のこと、大リーグに行った選手のことなど、まわりに負けずに大声で話しました。

「アイルランドにお住まいなら」と、私はアイルランドに来て以来、疑問に思っていたことを聞いてみました。

「アイルランドの町には、キラーニーとかキルケリー、キルデアなど、キルとついた名前の町が多いのですが、キルとはどういう意味ですか」

「いい質問だけど、どういう意味なのかな……」

と、ご主人のデービッドさんは、奥様と顔を見合わせましたが、結局わかりませんでした。

日本へ帰って半年くらいたったとき、突然、ニューヨークからメールが入りました。

「わかりました。キルとはアイルランド語で教会という意味でした。いま、本を読んでいたら、出てきました。あのパブの夜は楽しかったですね……」

最初、見覚えのない外国の方からのメールだったので、何かとおもいましたが、文面を見て、すぐに、あのレストランやパブのことを思い出しました。日本の国分寺や天王寺などの地名のように、アイルランドでも、教会を中心にできた町には、教会の名前がついているのです。

「デービッドさんの文面には、疑問が解決して、よろこんでおられる様子があふれていましたが、私には、おなじよろこび以上に、旅の途中であった方とのつながりを、うれしいな、と思いました。

片かたのイアリング

先日、友だちに誘われてオペラを観に行ったときのことです。

その日は出がけにゴタゴタがあってアッという間に時間がたち、開演に間に合わないと、身ごしらえもそこそこに、大慌てで口紅を引き、玄関へ急ぎながらイアリングをして出かけました。

なんとか間に合って一安心、席に坐ると隣りの友だちが、「あら、すてきなイアリングね」とほめてくれました。紺地の漆塗りだったので満更でもなかったのですが、細かい話をする暇もなくオペラが始まって、それなりになりました。

オペラも期待通りの好演で、興奮さめやらず帰宅し、鏡に顔をうつしてびっくり。左右のイアリングの色が違うのです。

片方は紺ですが片方は赤。似たような大きさの丸型なので、確かめもせず耳につけたバチです。

たちまち顔が赤くなりました。でももう一度よく見ると、片かたの紺と赤のイアリングは、地味な紺のワンピースとそれに合わせた赤いスカーフに映えて、まるでわざとそうしたかのように、耳もとで澄ましているのです。

オヤ、なかなかいいぞ。友だちも、きっと、その取り合わせをほめてくれたのでしょう。

思い出しても嬉しい、すてきな間違いでした。

＊

もうすぐクリスマス

仕事を終えての帰り、花屋さんの店先に懐かしいものを見ました。宿り木です。

オリーブグリーンの小さな二葉に同じ色の、丸い小豆粒ほどの実がいっぱいついています。手にとってみるのは何十年ぶりでしょうか。

本当の名はトビヅタといって、春に淡黄色の小さな花が咲き、そのあとで実を結ぶのですが、その果肉はねばりがあり、鳥によって他の木に運ばれるそうです。

宿り木はその名の通り、他の木に寄生して生きていますから、枝打ちしないと、宿主の木が枯れたり、弱ったりしてしまいます。

今と違って山林が大切に手入れされていた時代でしたから、私が育った田舎の山道で、枝打ちされた宿り木を見かけるのは、めずらしいことではありませんでした。

それがいま、都心のおしゃれな花屋さんに並んでいるなんて、不思議な気がします。

お店では、お客さんからの注文で、はじめて取り寄せたものとか。

「ヨーロッパでは、これをクリスマスに飾るリースに使うので、その方も、そうされるんじゃないでしょうか。少しなら、分けてさし上げますよ」

そういえば、もうすぐクリスマスです。私にとっては、飾りよりも郷愁の緑の宿り木です。買った一枝を大切に抱えて地下鉄に乗りました。

ブックデザイン　白石良一、小野明子

すてきなあなたに　よりぬき集
平成二十四年五月二十八日　初版第一刷発行
平成二十七年五月　三　日　第四刷
著　者　暮しの手帖編集部
発行者　阪東宗文
発行所　暮しの手帖社　東京都新宿区北新宿一ノ三五ノ二〇
電　話　〇三―五三三八―六〇一一
印刷所　株式会社　精興社

落丁・乱丁がありましたらお取り替えいたします
定価はカバーに表示してあります

ISBN978-4-7660-0176-1　C2095